潘金莲的发型

潘金莲的发型

孟晖

南京大学出版社

目　录

潘金莲早已成了太有名的人物，她在历代读者心中激起的反应之复杂，大概没有其他文学人物能比。对于这种深入人心的形象，读者会情不自禁地按照自己的审美观对之加以想象，这也是常情。可是，我们这个时代的看法，是以手长腿长，瘦骨嶙峋到状如病鬼，并且还尽可能地把这把瘦骨都暴露在外的女人为至美，看到潘金莲的整体造型很可能状如金字塔，许多人不免要吃一惊。其实，任是谁的审美习惯，也都只是出于时代的塑造而已，而历史上女性的装扮从不肯遵循一种固定的标准。

北宋初年，东京女性流行用黑光纸剪成“团靥”贴饰面庞，昔日的流行被保存在艺术作品中。（图为大英博物馆藏宋代《父母恩重经变相》局部）

花落知多少

在《红楼梦》第六十二回“憨湘云醉眠芍药茵　呆香菱情解石榴裙”中，曹雪芹把他对女儿国的狂想推到了一个高潮。其中，香菱和芳官、蕊官、藕官、豆官等人在“红香圃”外斗草的情节，是谁读了都会难忘的。其实，相同的场景，早在数百年前，就在一位女性诗人的笔下呈现过，曹公此刻的文思，很可能是受到了这位女性前辈的影响：“斗草深宫玉槛前，春蒲如箭荇如钱。不知红药阑干曲，日暮何人落翠钿”（花蕊夫人《宫词》）。同样是富贵但封闭的环境，同样是稚气未脱而不得自由的少女，同样是新鲜的春光，甚至游戏也是同样的，只不过，在花蕊夫人笔下，具体的人物身份成了宫女，而地点则是在五代西蜀的宫苑。也是在红芍药花怒放的花栏前，这些年轻的女性想必也是“满园玩了一回，大家采了些花草来兜着，坐在花草堆里斗草”，这个拿着蒲草，说它像箭；那个拿来荇叶，说它像钱。《红楼梦》

明·陈洪绶《斗草图》局部

中的“这一个说:‘我有观音柳。’那一个说:‘我有罗汉松。’那一个又说:‘我有君子竹。’这一个又说:‘我有美人蕉。’这个又说:‘我有星星翠。’那个又说:‘我有月月红。’这个又说:‘我有《牡丹亭》上的牡丹花。’那个又说:‘我有《琵琶记》里的枇杷果’”,显然是作家利用了小说篇幅的优势,把相同的情节展开来尽情地加以发挥而已。有意思的是,彼此相隔数世纪的两位作者,接下来都把笔锋转到了女性妆饰上,也许潜在的逻辑是,在绚烂的芍药花前,只有女性的服饰、容妆才足以与之争艳。在《红楼梦》里,这是一条与花光相辉映的石榴红绫裙,在花蕊夫人的宫词中,却是一点在色彩上形成鲜明对比的“翠钿”。

一点翠钿,被遗落在了芍药花栏的栏杆前。这个小小的场景,很容易就被人忽略而过,实际上,自它产生以来,也确实一直被忽略着。单从字面上,我们就不难猜测出,“翠钿”是一种女人用的首饰,因此,好像一切都很明白,没什么可多说的,这里呈现的只是一个“绮艳”的场面而已,而“绮艳”,一向就是文学创作的大忌。让我们还是赶紧从这个冷僻的角落掉转目光,去关注那些真正具有研究价值的重大主题……但是,且住,有人应该注意到,事情并不像我们想当然的那么简单,在花蕊夫人的《宫词》中,出现过这样一位宫女的形象:“翠钿贴靥轻如笑,玉凤雕钗袅欲飞。”谜底因此而破解了:花蕊夫人词意中的翠

额头上先绘额黄，然后在额黄上再贴翠钿。（新疆阿斯塔那出土唐代侍女绢画局部）

钿，并不是“泛指”，不是在笼统地指称一般的首饰，她笔下的对象非常明确。这里所涉及的，是当时流行的一种特殊的化妆风气，正所谓“素面已云妖，更著花钿饰”（杜光庭《咏西施》），在中国历史上曾经有很长一段时期，女性们流行用各种各样的小花片，来贴在脸庞上、鬓发上，这些小花片，就被叫做“花钿”，或者“花子”、“面花儿”等名目。想当年，花木兰从沙场上九死一生地归来，她要恢复女儿身了，其中所必需的手续之一，就是“对镜帖花黄”。后人也正是借助着这诗句而知道，至少从南北朝时代起，用一片片小花片来装饰自己的面容，就已经是女性中最普遍的化妆术了。只不过，在花木兰的年代，普遍的是黄色的“花黄”，而到了花蕊夫人的时期，绿色的“翠钿”变得最为时髦。原来是“我见他宜嗔宜喜春风面，偏宜贴翠花钿” （王实甫《西厢记》第一本第一折），这“翠钿”不是簪钗，不是绫绢假花，而是花钿的一种，是用来贴饰在脸上的。发髻上玉雕的钗头凤其势如飞，嘴唇边笑涡儿所在的地方贴一对绿色的花钿，做出人工的笑靥，就是那个时代的时髦美人的标准照。

此刻正是《花间集》的时代，也是翠钿大行其道、风光无比的时代。除了充当假靥，它更多的是高踞在女性的额头上、眉心间，比如，有一位“眉间翠钿深”的美人，斜倚在枕上，覆盖着鸳鸯锦被，在帘外传来的呖呖莺啼声中，情思百转（温庭筠《南歌

面贴花钿的唐代舞女。(长安郭杜镇唐执失奉节墓壁画)

子》)；另一位刚刚起床的美人，睡意未消，意态慵懒，头上用白玉簪固定的花冠都偏歪了，但是，此时的她“翠钿金缕镇眉心”，对着小庭中的斜阳轻风，杏花零落，一腔深深的情愁，无可诉说(张泌《浣溪沙》)。当然，翠钿也可以贴饰在面颊上，比如就有一位“翠钿金压脸”的美人，在“牡丹花谢莺声歇，绿杨满院中庭月”的春残时节，在寂寞的香闺中，灯光影里，因为思念远人而泪水纵横(温庭筠《菩萨蛮》)；而另一个境况类似的女性，倚在屏风上独自哭泣，泪水顺着双颊流过颊上的花钿，把这小小的花子给打湿了：“谁信损婵娟，倚屏啼玉箸、湿香钿”(毛熙震《小重山》)。

在当时最时兴的花钿样式中，能够与翠钿一争高下的，是金箔做的金钿：“少妆银粉饰金钿，端正天花贵自然” (陆畅《云安公主出降杂咏催妆》之二)。因为金钿薄如蝉翼，也被呼作“金蝉”，词人张泌就曾经偶然在市井上撞见一位不知名的风尘女，脸上是“蕊黄香画贴金蝉”，让词人一时深深为之打动。用金钿做成的人工假靥，就叫“金靥”，孙光宪在《浣溪沙》词中描写了一处落花绕阶、画帘垂地的黄昏的闺阁，一切都是无情无绪的，薰笼中是残香，人也是残妆：“腻粉半粘金靥子，残香犹暖绣薰笼。”金靥子只是半粘在女性脸颊的香粉上，显然随时都可能掉落，但这位女主人公也懒得去收拾，因为“蕙心无处与人同”，

在额间和鬓发上都贴饰翠钿的中唐女性。([传]唐·张萱《捣练图》)

她正忙于自己的寂寞呢。顾敻《甘州子》中描绘:“醉归青琐入鸳衾,月色照衣襟。山枕上,翠钿镇眉心。”而在他的一首《虞美人》中则提到,在“晓莺啼破相思梦”的早晨,词中所写的女性“宿妆犹在”,这显然正是《花间集》时代美人们的普遍作风,即使在夜晚也不把花钿等等面饰去掉,于是,词人们笔下的一个个感情失意的女主人公,她们多愁善感的面庞,就始终被翠钿或金钿映衬着,无论在一腔幽恨的白昼,还是情潮暗涌的夜晚。

只有在这样稍稍地留了心之后,我们才能真正明白花蕊夫人的匠心所在。原来那被忘记在芍药花下的翠钿,不是一般之物,它曾经亲昵地贴依着女性的肌肤,把女性的面容映衬得更为迷人,更重要的是,它像最亲密的伙伴一样,陪伴着女性,见证了她的欢乐,她的寂寞,她的幽密心情,知道她所经历的每一个不被他人关心和注视的白天和夜晚。但是,那天真的女孩子本人,却不知道珍惜这小小的面饰,一阵短暂的欢乐,就让她完全忘记了它的存在,以致在它翩然飘落的时候,也没有引起她的注意。和凝在一首《宫词》中描写了非常相似的场景:“碧罗冠子簇香莲,结胜双衔利市钱。花下贪忙寻百草,不知遗却蹙金蝉。”少年宫娃戴着碧罗莲花瓣装饰的冠子,佩带的彩结绾成双胜的样式,上面还串着利市钱——真是一副稚气未脱的模样——忙着在花下寻找各样花草,以便与同伴们斗个高低,蹙金的花钿掉落了也不知道。

由此,也许我们还该进一步地注意到,在当时的真实生活中,类似的场面似乎并不鲜见,不仅花蕊夫人看到过,另一位诗人张夫人,也看到过。在某一个早晨,这位张夫人在闺房前,拾到了女友的花钿,并且为此写了一首诗送赠女友韦氏:“今朝妆阁前,拾得旧花钿。粉污痕犹在,尘侵色尚鲜。曾经纤手里,拈向翠眉边。能助千金笑,如何忍弃捐”(《拾得韦氏花钿以诗寄赠》)。难得的,在唐诗中,我们听到了一个女性向另一个女性发出的声音,体会到流露其中的温暖的女性友谊。张夫人对她的女友的劝告,似乎也在提醒着我们,是的,那小小的花钿,沾带着唐代女性脸颊上的香泽脂粉,尽管经历了漫漫时光,仍然在文学与艺术中鲜艳照人。经女性的手轻轻拈起,它们被装点在黛眉边,让她们的笑容更其动人。与女性曾经如此相亲相近的东西,又怎么可以轻易地忽略,遗忘?

于是,我们就不由得要关心这样一个问题:为什么屡屡地会有花钿,在唐人的生活中,在唐代文学中,翩然落下?就让我们花费一点耐心,暂时忘记“诗以言志”的大道理,利用那些已成经典和未成经典的古人的作品,来对花钿做一点知识考古吧。不管今天的人怎么想,在那个时代的男人眼里,花钿就是性感的象征。贴有花钿的脸庞,对他们来说是无比的美艳,无比的诱惑。女性贴饰花钿的动作过程，也让他们一次次地被打动。贴花钿，是当时女性天天都要重复的功课，是化妆中的一道必要程序，就在她们专心地用一个时代的时尚来武装自己的时候，另一个性别却悄悄地，带着好奇和爱恋，观察着她们此时此刻的情态。在这一刻，男人也变得细致和温柔，于是，在他们的笔下，女性生活中独有的场景被细腻地描状了下来。正是借助了男人的目光，后人得以看到女性在准备贴金钿之前，用舌头把它润湿的特写镜头："舌头轻点贴金钿"（赵光远《咏手》之二）。这就引起人的好奇了，何以要用舌头去舔金钿呢？原来，安贴花钿，是利用一种特殊的"呵胶"，"呵胶出辽中，可以羽箭，又宜妇人贴花钿，呵嘘随融，故谓之'呵胶'"（宋叶廷珪《海录碎事·百工医技》）。这种呵胶，只要对着它呵嘘一会热气，就能变得软粘，所以"宜妇人贴花钿"。显然的，花钿就像今天的邮票一样，在背面涂有呵胶，平时是干的，当女性需要的时候，也像今天使用邮票一样，用舌头去舔润一会，让呵胶遇热变软，然后就可以贴用了。说实在的，也许古代的花钿比今天的邮票在使用上还更方便呢，因为据诗人们的描述，唐代女性真的是经常只对着花钿吹一会气，然后就能用它来装点自己："呵花贴鬓黏寒发"（韩偓《密意》），"呵花满翠鬟"（温庭筠《菩萨蛮》）。毛熙震《酒泉子》甚至细腻地描绘了这样一个细节，清晨打开镜匣梳妆，"晓花微敛轻呵展”，也许是因为受冷，也许是因为空气干燥，总之花钿在早晨微微有些卷敛，于是不得不对着它连连呵气，把它弄平。这真是珍贵难得的时刻，在战争、政治等等重大题材当中，在男人出世入世的种种抱负之间，我们突然发现了一道缝隙，从中看到了女性的形象，看到了她们日常生活中最自然的状态。

在两位男诗人的笔下，女性把花钿的涂胶呵热，都是要把它贴到鬓发或发环上去，从而点出了花钿的另一种妙用——不仅可以贴在脸庞上，更可以装饰蝉鬓与乌髻。不过，当花钿跃上鬓发的时候，就是金箔做成的金钿更擅胜场了。有什么比黄金更能映衬女性头发的漆光一般的乌泽呢？据说，在鬓发上贴金箔做装饰，在北魏的时候就开始了，北魏高阳王“元雍姬艳姿，以金箔点鬓，谓之‘飞黄鬓’”(元龙铺《女红余志》)，而一直到了《金瓶梅》的年代，潘金莲也还曾“拖着一窝子杭州攒，翠云子网，露着四鬓，上粘着飞金贴，粉面额上贴着三个翠面花儿”(第二十七回)。可是，这些形状多变的小花片，用融得迅速可是干得也容易的呵胶来进行粘贴，怎么能指望它们会长久地、牢靠地附着在头发表面上呢？特别是，当时女人的一头青丝都涂满芳香的头油，蝉鬓又故意做得蓬松、轻虚？还有那亲附人面庞的花钿，正如诗人们一再谈到的，“腻粉半粘金靥子”，“粉污痕犹在”,“少妆银粉饰金钿”,“月梳斜,云鬓腻,粉香寒。晓花微敛轻呵展”,花钿与面庞之间,其实是隔着厚厚一层香粉,与其说它贴在人面上,不如说它是贴在一层香粉上。更何况那面庞还有转侧仰俯的动作,有或嗔或笑的表情变化,花钿又如何能够始终服帖,不松动?

这小小的化妆技术上的缺憾,却意外地赋予了唐代女人一种特殊的本领。她们仿佛也拥有了大自然中花朵的那种才能,会在所过之处,随时掉下小小的花片。那效果是惊人的。比如,在一个女人睡过的地方,早晨起床以后,在床前枕畔,会看到她夜间落下的花钿。施肩吾《少女词》一诗中,就写了一位清早起来的少女:“娇羞不肯点新黄,踏过金钿出绣床。”因为似乎是有心事,她对于夜间落在被褥上的金钿也没去注意,直接就下了绣床。王涣《惆怅诗十二首》之一,显然是咏叹《莺莺传》的故事,诗云:“八蚕薄絮鸳鸯绮,半夜佳期并枕眠。钟动红娘唤归去,对人匀泪拾金钿。”诗人想象莺莺在半夜佳期的“鸳鸯交颈舞”之际,也有金钿飘摇而落。薛昭蕴在《小重山》词中,描写秋天降临到长门冷宫,失意的宫妃“金蝉坠,鸾镜掩、休妆”,妆饰容颜的金钿已经坠落了,但她全无心情进行弥补,在声声更漏中,一心沉浸于追忆昔日的华丽与恩宠。说真的,这是何等的充满魅惑力的性感!关于“性感”的观念,在很大程度上也应该是来自文化的建构。像这样的在清晨或半夜悄然掉落于女人枕边床前的花钿，正是我们的传统文化所发明的独有的关于"性感"的意象，实在实在是不该被后人忘记。

易落的花钿，也为唐代舞蹈的狂放，增添了一重迷离恍惚、瑰丽绮艳的氛围，因为，舞女们也是照例要贴饰花钿的。刘禹锡在观赏著名的柘枝舞时，所看到的身穿胡服的舞女，正是"垂带覆纤腰，安钿当妩眉"（《观柘枝舞》）。他在《历阳书事七十韵》中描写"回裾飘雾雨，急节堕琼英"的舞女，容妆也是"敛黛凝愁色，施钿耀翠晶"。于是，在那时的舞筵上，随着舞女们姿影翩翩，急旋曼转，会有片片花钿从她们的头上、面上落下，仿佛回风摇荡落花。在繁华的扬州，一个春雨霏霏的夜晚，刘长卿就亲眼看到了这样的场景："夜色带春烟，灯花拂更燃。残妆添石黛，艳舞落金钿"（《扬州雨中张十宅观妓》）。这些豪门大宅的舞女，可以在彻夜狂舞中抖落一地的花钿，但是，她们不愁没有新的赏与，第二天便已是一整套全新的花钿缤纷在面庞与鬓发上，就像花朵谢了又开一样："高楼翠钿飘舞尘，明日从头一遍新"（王建《失钗怨》）。诗人是在极力铺陈上层阶级的奢侈，以显衬出贫富之间的巨大反差，我们不知道这一描写是不是有夸张之处，不过，文学家所设想的这样一个细节，有点如"撕扇子做千金一笑"一样，通过举重若轻的笔法，写出了真正的富贵气象。

作家们没有就此止步，他们情不自禁地要进一步地发挥想象力，去构筑历史上的奢侈场景。比如有人这样想象吴王夫差的享乐生活："吴王爱歌舞，夜夜醉婵娟。见日吹红烛，和尘扫翠钿"(殷尧藩《吴宫》)。因为整夜的歌舞不休，第二天落在地上的翠钿是如此之多，被混同于尘土，一起清扫掉。这自然只是一种奇异的狂想，这首诗也不是什么好诗，但是，我们从中却得以看到，从现实生活中的真实现象出发，文学家们依靠他们想象的舟楫，可以一路航行出多么遥远的旅程。

在快乐和悲伤的时候，在欢歌畅舞的时候，随身飘落花钿，也并不是贵族阶层女性的特权。刘禹锡就看到了民间女子的纵情狂欢，看到她们在欢乐当中如花朵般洒下一地缤纷。他的一组四首《踏歌行》，写尽了江南民间女子春天到郊外以"踏歌"为乐的情致，这狂欢从"雪里"的时节开始，一直持续到"三春花尽"。成群结队的江南女子，在春江的大堤上联袂而行，歌声不断，那情景是："新词宛转递相传，振袖倾鬟风露前。月落乌啼云雨散，游童陌上拾花钿。"她们竞相唱着新歌，在大自然中，有着一种天生的情态。直唱到月儿升起，乌鹊夜啼，女儿家们的身影渐渐散去，可在"桃蹊柳陌"的郊野上却留下了点点的花钿，让淘气的儿童们捡拾为乐。原来女人可以这样神奇，她一路唱着歌从春天中走过，身影去远了，却在新绿的大地上留下一点两点的小花片，像蝉蜕似的，暗示着她的曾经来临和已经离去。她使得唐代的春天有了两般样子的落花，一种落花是凋零自花朵，一种却是生成于女人。

显然的，由于唐代女性在闺阁中，在歌舞的场面上，在郊游的野外，总之在她所经过的一切地方，是如此不可避免地会飘下些缤纷的落影，男性诗人们由此而被造成了极其深刻的印象，以致当他们看见落花的时候，会恍惚觉得，这自然凋落的花瓣，倒很像是女人们遗落的花钿。比如形容蔷薇的朝开暮落："朝露洒时如濯锦，晚风飘处似遗钿"（徐夤《蔷薇》）。同一位诗人，还是写蔷薇，又增加了一点戏剧性的想象："含烟散缬佳人惜，落地遗钿少妓争"（《尚书会仙亭咏蔷薇夤坐中联四韵晚归补缉所联因成一篇》）。有意思的是，在两首诗中，诗人都是把枝头上盛开的蔷薇形容成彩色斑斓的织物，披洒朝露的蔷薇像是经濯洗的彩锦，笼罩在如烟的雾气中的蔷薇，则像是洇染的花缬，但是一旦凋落到地上，就仿佛女性掉落的花钿了。只不过，这天然的花钿，可引不来歌妓们的争抢。有人干脆把落花直呼为花钿："绣林红岸落花钿，故去新来感自然"（刘兼《春怨》），"弱柳万条垂翠带，残红满地碎香钿"（毛熙震《浣溪沙》）。落花与落钿一样，都是似有情似无情，来无因去无由，不知何时就零落在了那里，让人不免联想到男女之间的情感诱惑："楼畔花枝拂槛红，露天香动满帘风。谁知野寺遗钿处，尽在相如春思中”（赵嘏《和杜侍郎题禅智寺南楼》）。诗人们甚至想象，天然的落花，就是神女们遗落的花钿，比如杜甫写雨中花落：“神女花钿落，鲛人织杼悲”（《雨》之四）。他说，那落花就是神女经过之后掉落的花钿，而绵绵的雨丝是鲛人含悲织就的轻纱。宋人梅尧臣《水次藓花》诗中则说：“水边有神女，妆去遗翠靥。”诗人看着开在水边的小野花，觉得是神女曾经在水边梳妆，不留心把翠钿的假靥遗忘在了这里。诗境到了此处，已是“假作真时真亦假”，诗人，连同作为读者的我们，都已开始分不清落钿与落花，有些恍然了。

在千百年前，原来曾经有过如此的落英缤纷，不过这不是残花的凋瓣，却是由青春美艳的女性们酝酿而成。随着时尚的改变，花钿在女性妆饰中的消失，这人工的落红成阵，无论是作为生活中的真实现象，还是作为文学中被铺陈发挥的意象，都随昨日而去，也正像随风匆匆而过的一阵花雨。我们不知道，花钿确切是何时从中国女性的生活中彻底消失的，不过，到《红楼梦》的年代，它肯定是已经成为陈迹了。大观园中很显然的没有贴花钿的风气，可能曹公对过去时代的这一种化妆术并不清楚。不过，像我们今天的大多数人一样，单从字面上，他也能猜出“翠钿”是一种女人的首饰。于是，从一个久远的诗的情境中，他化出了自己的新的情境,小说的情境。这就像是分属于两段不同历史的两位互不相识的作家,神奇地战胜了将他们彼此之间隔离开的漫漫时光,而把一场斗草的游戏加以了延伸,延伸了几个世纪之久。花蕊夫人说:我有五代宫苑的翠花钿。曹雪芹应对说:我有明清闺阁的石榴裙。

遗落的笑靥

意象的营造，好像和“时尚”这种日常生活中的流行拉不上关系。其实也不尽然。韦庄有一首《叹落花》，感叹落英缤纷，“飘红堕白堪惆怅”，使用了一个对我们来说很新鲜的比喻：“西子去时遗笑靥，谢娥行处落金钿。”他说，那满地的落花，就像西施的身影已经远去了，但是她的笑涡儿却遗落在了地上。如果不了解唐代女性的化妆术的话，我们也许会奇怪他怎么能灵光一闪想出这么个奇特的比喻，以为这是凭空想象的结果。

其实，诗人在这里并不是指女性双颊上天生的靥涡，而是指一种人造的、贴在女性脸上的假靥。从南北朝到唐代，有一种很特别的化妆风气非常盛行，女性喜欢在脸上贴各种小花片作为装饰，当时叫做“花子”、“花钿”等名目。实际上，在脸上贴花钿的风气，一直延续到明代都没有完全消失，只不过在宋代以后，这一风气不如以前那么普遍而已。人工假靥，正是花子中的

唐代女俑，前额绘额黄，两颊画有斜红，唇边贴黑色假靥的初唐女性。（新疆阿斯塔那出土）

一种。“注口樱桃小，添眉桂叶浓。晓奁妆秀靥，夜帐减香筒”（李贺《恼公》），这里是在描写唐代女性早晨化妆的情景，很显然的，在脸上制造一对假靥，与涂口红、描眉一样，在当时都是化妆步骤中很日常的一环。通常，这是一对小小的圆花钿，贴在嘴唇两侧的面颊上，人工地模仿出，或者也可以说，指点出女性微笑时的靥涡。元稹在《恨妆成》中描写一位女性打扮好之后的形象，就是：“满头行小梳，当面施圆靥。”在新疆阿斯塔那唐墓中出土的彩绘女俑，就最好地体现了这一化妆方式——在嘴角两旁约略相当于靥窝的地方，各有一个深色的圆圆的花钿，非常醒目。到了晚唐五代，女人脸上的花钿越来越多，样式也越来越奇特，于是，原本是模仿天然笑涡儿的“圆靥”，也被做出了小鸟之类的造型，敦煌第 61 窟中五代女供养人的面庞上就是这样的一派风光。同时代的花蕊夫人《宫词》中有句云：“翠钿贴靥轻如笑”，说明了好几层的情况：首先，这种人工的假靥，有时是翠钿，也就是绿色的花子。这种绿花子曾经是非常的流行，敦煌第 61 窟一干贵夫人的脸庞，就是花儿、鸟儿形状的翠钿们的天地。因此，假如真有时光机器把我们带回唐朝，那我们可得做好思想准备，一旦撞见一个个桃红双腮上带有一对翠绿酒窝儿的美女，可不要少见多怪，而是要惊艳，情迷，像张生那样茶饭不思，神魂颠倒。

当然，假靥不仅可以是翠钿，还可以是其他多种颜色，比如阿斯塔那出土女俑的靥钿就接近黑色。在宋初，京城的女性还流行用一种黑光纸剪成"团靥"来装饰面庞。不过，在花钿中，最流行、最受青目的是用金箔做成的"金钿"，这在靥钿一项中也不例外。《花间集》的时代，就是金箔做的假靥风行的时代，于是词人们眼中的美女，双腮上往往有金色的酒窝儿闪闪烁烁："腻粉半沾金靥子"(孙光宪《浣溪沙》)，"时将纤手匀红脸，笑拈金靥"(毛熙震《后庭花》)。这种金色的假靥，干脆被叫成"金靥"了。金靥相对于翠钿等其他颜色花子的优势，是它耀人眼目，而且随着女性面庞的转动以及表情变化，它会时时闪烁金光，就像女性嘴角挂着一对明亮的、忽现忽灭的星星。和凝《山花子》中一句"星靥笑偎霞脸畔"就传达了这样的假靥的妙处，一对星星亲昵地偎依在人的唇边，不管那本人如何，这两点星光兀自地向着人眨眼，仿佛倒是有情有意的，是在故意地模仿着撩人的、淘气的笑影。

值得注意的是，诗人们提到假靥，往往指出它暗示了女性的微笑这一效果，说翠钿贴出的假靥"轻如笑"，说如星的金靥仿佛是"笑偎"在粉腮上。显然，这正是当时女性们贴假靥的追求所在，倒好像笑涡不懂人的心情，总是不自禁地非要显现在双腮上，仿佛甜美的笑影不甘心寂寞，时时地要从内心处浮起，

彩绘俑，颊贴翠钿。（西安西北政法学院 34 号唐墓出土）

温暖女性的脸颊。“暗娇妆靥笑，私语口脂香”(白居易《江南喜逢萧九彻因话长安旧游戏赠五十韵》)，这两句诗最好地道出了假靥的风情，人不笑时，妆靥却使得人儿似乎在笑；人笑了，妆靥又来助笑，为女性的微笑更增添一番情态，就像这里这位女性“暗娇”时的模样。也正因为有了这样的情态，才有宋人吕胜己《虞美人》中描写菊花的词句：“尊前笑靥粲金钿”，形容怒放的黄色菊花，就像女性脸颊上人工的笑靥，流射着金钿的光华，形成熠熠的金色的微笑。这是一个灿烂的意象，也是一个意蕴微妙的意象，我们都应该看过黄菊花，不妨去体味这一比喻的妙意。

“翠钿贴靥轻如笑”，还写明了女性把人工假靥安置到脸上的方式：贴。王实甫《西厢记》第二本第三折中提到崔莺莺晨妆的情景，是：“则将指尖儿，轻轻的贴了钿窝。”“钿窝”是元代对假靥的叫法，因此，在这里同样也写明了“贴”假靥的这一具体方式。从一些记载中可以知道，唐代女性使用花钿，与今天使用邮票的方法差不多，在其背面刷上特制的胶液，然后把它们贴到脸上去。问题是，人是要活动的，而且是有表情的，于是，在人的活动中，在表情变化里，那贴上去的花钿不一定能很牢靠地依附在面庞上、鬓发上，有时不免就会剥落下来。于是，在当时的生活中就会出现这样的情景，在女性停留过的地方，会有她

“满面纵横花靥”的五代贵妇。(敦煌第 61 窟壁画)

面上、发上的花钿不经意间掉落下来,四处飘坠。一旦人离去了,她的一点两点花钿却会被遗留在原处,真像是女人有了大自然中花朵一样的本领,也会凋落下片片花瓣。“不知红药阑干曲,日暮何人落翠钿”,就是利用这一生活中可以见到的现象,创造了一个工笔重彩画般浓丽,却又暗含怅惘的意境:黄昏的红芍药花栏前,不知哪一个宫女的翠钿遗落到了泥地上,在五代西蜀的宫苑中,在喧闹过后渐渐降临的寂寥里。实际上,从女性身上飘落的花钿,给予唐代男女诗人强烈的印象,使得他们屡屡将之作为一种意象入诗,“谢娥行处落金钿”就是对这一意象运用的一个例子。作为花钿的一种,笑靥无论多么亲昵地依偎在女性唇边,有时也不免无声掉落,随风飘坠,遭到捐弃遗忘的命运。因此,韦庄用“西子去时遗笑靥”来形容落花,并不是出于凭空而来的灵感,而是得自于现实的真实。如果生活在唐代,就真的会看到,一位女性已经离去,不知归向哪里,却在身后遗落下了她的笑靥,遗落下了关于她的笑容的暗示,或者说,遗落下了微笑的蝉蜕。

张生的礼物

张生为赶考到了长安，为求功名滞留在了长安，失意之中，一时半会的还不能忘旧情，于是托人给远在他乡的崔莺莺送去了书信，附带着还捎了一点小礼物，这是崔莺莺在给张生的回信中提到的："惠赐花胜一盒，口脂五寸，致耀首唇膏之饰。""胜"、"华胜"在汉代本来是贵重首饰的名称，到了唐代，"胜"这个词还被沿用着，但一般多是指用彩绢、彩纸等剪、刻成的小饰物，如立春日的"春胜"、人日的"人胜"等等，这类花饰通称为"彩胜"。彩胜因为是用绢罗、彩纸剪、刻成的，所以呈薄片状、平面化，很接近后世的"剪纸花"。因此，莺莺这里所说的"花胜"，作为一种"耀首之饰"，应该是指唐代女性贴在脸上或鬓上的小花片，而不是指绒花、绢花这一类簪戴在发髻上的立体的、仿真的人造花朵。在当时的实际生活中，这类用于装点脸、鬓的小花片一般是被叫做“花子”、“花钿”、“面花”等等，而以“花钿”一名比较常用，可崔莺莺是才女，给才子回信，自然是文辞博雅，提到日常用的小装饰，也要借用古称。

大概从南北朝起，一直到宋初，在这么漫长的时段里，对于女性来说，脸庞的功能更像是一个底板。描眉擦粉涂口红这些工序，当然是不能免除的，可是，完成了这些例常的程序，化妆的任务还只是进行了一半。在自己这张底板上，还要装饰上一些新奇的彩色花纹，甚至花鸟图案，才算大功告成。装饰底板的主要方法，一是“画”，二就是“贴”。“画”的功夫，这里且搁下不表，只谈一谈“贴”出的风光。“点绿斜蒿新叶嫩，添红石竹晚花鲜。鸳鸯比翼人初帖，蛱蝶重飞样未传”（王建《题花子赠渭州陈判官》）。按我们的经验，会以为这几句诗是在品题工笔设色的小品册页，或者彩绣贴绫的团扇面，其实呢，这里是在描写男人注视之下的贴满“花子”的女人脸庞：“况复萧郎有情思，可怜春日镜台前”，诗人还真没夸张，在敦煌第 61 窟壁画中，五代时期曹义金家族的贵妇们，一张张脸庞上就不但有红有绿，而且有花有鸟，在额头上、眉梢、眼角、双颊、嘴角、两腮，都要贴上或红或绿或金色，呈花鸟或圆点形的小片花钿，这些花钿几乎覆盖了整个脸孔。而且，按照中国古代的审美习惯，女人的打扮要遵循“对称美”的原则，因此，花钿都是一对对地贴在面庞两侧，呈

在朱钿上加绘彩花，唐代绢画《树下美人》局部。（新疆阿斯塔那出土）

左右对称分布，所以，在人面上就出现了“鸳鸯比翼”、“蛱蝶重飞”的局面。

诚然，正如沈从文先生等专家指出的，像这样的贴一脸小花片，乃是晚唐五代的作风，更早的时候，女人脸上还不至于如此热闹。如新疆阿斯塔那唐墓中出土的初唐时代的彩绘女俑，是在嘴角附近相当于笑靥的地方贴一对小圆钿。在新疆出土的《弈棋仕女图》、相传为张萱作品的《捣练图》等艺术品上，则可以看到，盛、中唐时代的女性，一般只是在额头上正对眉心处贴一朵花钿。总之，都不像后来那样琐碎和铺张。不过，不管一张脸上使用的花钿是多是少，这些小饰物一般都是非红即绿，在诗文中，红的花钿被叫作“朱钿”，绿的叫“翠钿”，此外还有金色的就叫“金钿”，黄色的则称为“花黄”。把女人脸搞得如同贴满窗花的农家窗户，如果依照今天的审美观念来衡量，那实在是难以理解，更没法欣赏。可是，这一风俗在中国却沿袭了很久，一直到元明时代还没有完全消失，比如，《金瓶梅》第二十四回中，“宋蕙莲额角上贴着飞金并面花儿”，“飞金”是指金箔做的花钿，“面花儿”就是指彩色的花钿了。到了第四十回，风流的潘金莲，装扮成丫头搞笑，在一整套改扮当中，有一项就是“贴着三个面花儿”。第八十九回中形容发达了的春梅，也有“花钿巧贴眉尖”之句，可见明人对这种化妆方式并不陌生。《金瓶梅》中虽然谈到女人贴花钿的地方并不多，但每次提起的时候，都暗含着欣赏的语气，显然是觉得这样妆扮的女人特别“性感”。在唐人的诗文里，这样的面孔更是显得具有无限的魅力，男性对之凝视玩味的目光，简直就是痴痴迷迷的，这也足见出，审美习惯更多是所谓“文化建构”，关于“美”或“性感”之类观念的定义，不一定有多客观的标准。

《全唐诗》卷八八三“补遗二”中，录有杨巨源的一首《赠陈判官求子花诗(魏府出此物)》，看那诗意，便可知道，诗题中的“子花”应为“花子”之误，全诗正是专门在描写唐代女性自己动手制作花子的具体工艺过程：“油地轻绡碧且红，须怜纤手是良工。能生丽思千花外，善点秾姿五彩中。子细传看临霁景，殷勤持赠及春风。若将江上迎桃叶，一帖何妨锦绣同。”“油地轻绡”，说明唐代花子的质地，是轻薄的绢罗一类丝织品，但要经过涂油的处理。唐代有“油衣”，是用桐油之类刷在织品上，做成防水的“油布”，以其制成雨披一类的服装，在雨雪天穿到身上，起挡雨的作用；有桃花纸，是用油把纸浸透，从而让纸具有一定的透明性，用这种经过特殊处理的纸糊窗户，比一般的白纸有更好的透光效果。这些情况说明，当时生活中，把织品、纸进行涂油加工是很普遍的做法。至于唐代女性何以要把做花子的绢罗也进行涂油处理？如今已经难以猜测，大概，是为了让花子变得挺刮一点。

“须怜纤手是良工”、“能生丽思千花外”，都言明花子是女性巧手亲自制作。唐人成彦雄《柳枝辞》比喻新生的柳叶是：“鹅黄剪出小花钿，缀上芳枝色转鲜。”诗人这一个信手拈来的比喻，正说明花钿是剪制而成的。这就让我们联想到唐代某些节日中的一项特定风俗，即，妇女用绢罗剪彩胜这一项内容。在过立春、人日等节日的时候，唐代女性要用绢罗剪、刻出数量不少的彩花，也就是“彩胜”，家中男女老幼，人人都要把彩胜簪戴在头上，还要粘贴在房门等地方。唐代妇女在剪刀头上的功夫似乎都十分了得，一到节日，个个都能咔咔地剪出花、叶、人、燕、鸡等形状的彩胜来（见唐人关于“剪彩”诗），装扮一家大小，屋里屋外。这样深厚老到的功夫，说明用绢罗剪彩花，在当时是很常见、很流行的风气，是“女红”的一种。显然的，女性们平日就经常利用自己的这一剪刀功夫，自制花钿。正因为在日常生活中司空见惯，所以，诗人在作诗的时候，才会自然地想到以剪制花钿这个动作来比喻柳叶的初吐嫩芽。

“善点秾姿五彩中”一句则说明，剪好的花钿，还要用笔蘸上颜彩，在其上点画出艳丽的花纹。这种在花钿上进行手绘装饰的做法，在新疆阿斯塔那墓出土的《弈棋仕女图》上，有相当清楚的表现。诗的最末说“一帖何妨锦绣同”，再次点出了花子

双鬓上贴金钿的晚唐贵妇。（唐·佚名《引路菩萨像》局部）

是五颜六色地贴在脸上、鬓上的。

从这首诗可以看出，唐代女性的花钿，是以自制为主。不过，有一些特殊材料制成的花钿，恐怕就不能全靠个人的一双手了。比如唐人崔液《踏歌词》中有云："鸳鸯裁锦袖，翡翠帖花黄"，元人白朴《端正好·秋香亭上正欢浓》套曲有句："做一个面花儿铺翠缕金描，欢喜时粘在脸上"，说明花钿中的翠钿一类，是用翠鸟（翡翠）毛贴成的。讲究的翠钿，还要用金泥、金粉描出花纹来。另外，像"金钿"，自然应该是以金箔或金泥纸制成。宋代绘画中，后妃、宫女们还流行使用装缀珍珠的立体型花钿。最神奇的是，到了宋代，甚至发明出了高级香料制成的面花。宋人陈敬所撰《陈氏香谱》中记录反复提炼龙脑香的方法："取脑已净，其杉板谓之'脑本'，与锯屑同捣碎，和置瓷盆内，以笠覆之，封其缝，热灰煨熕，其气飞上，凝结而成块，谓之'熟脑'，可做面花、耳环、佩带等用。"用龙脑木料最后一次提炼出的香料，称为"熟脑"，宋人就用这"熟脑"做女人用的面花。

另外，同书中还介绍了一种"假蔷薇面花"："甘松、檀香、零陵、丁香各一两，藿香叶、黄丹、白芷、香墨、茴香各一钱，脑麝为衣。右为细末，以熟蜜和拌，稀稠得所，随意脱花，用如常法。"把甘松等多种香料捣成细末，用蜜调成糊糊，灌到花模子里，待干后从模中脱出，就形成了芳香的小花片。把这些小花片再用名贵的香料“脑麝”在外表上涂一层，就成了面花。显然，宋人的“熟脑”面花、“假蔷薇面花”，都不仅形、色动人，而且还散发着浓烈的、诱惑的香气。像这样的香面花，以及那些铺翠、描金或贴金、缀珍珠的花子，都是选用高级的原料，经过复杂的工艺才能制成。这类高档品，恐怕就很难在家庭范围内自制自用了，要靠专业人员来精工制作，然后通过商业流通渠道，辗转到达女性消费者的手中。宋人笔记《西湖老人繁胜录》记录南宋临安的“诸行市”，其中便赫然有“面花儿”一项；《武林旧事》则将“面花儿”列在临安的各种“小经纪”行当里，并且注明，这些“小经纪”都是为临安独有，“他处所无者”。可见，高档面花的制作和销售，在南宋的临安确实成了一项独立的行业，更有意思的是，《武林旧事》明确指出，在当时，这个行业也只是在临安一地才有。这一情况，其实证明了时尚史中的一种规律：在中古社会，行政性的首都往往也同时成为时尚之都。

在唐代，花子——面花的制作，好像还没有达到后代那样的豪华程度，还没有用龙脑香直接做的花钿；长安、洛阳的商业贸易，也还不及宋代东京、临安的发达。但是，从唐代文学中可以看出，当时如长安等大城市中，“时尚业”是颇成了一点气候的，张生送莺莺“花胜”这一细节，正是传达了这一信息。这位滑头情人从来都是以“内秉坚孤，非礼不可入”自诩的，想来他不会有贾宝玉淘胭脂膏子那样的兴致，亲手制作花钿这种女人的小玩意儿。他孤身一人到了长安，要弄到一盒花钿送给心上人，也就只能到市面上去买。

实际上，在唐代，女性，包括贵族女性，都很习惯于到市场上去买女人用的物品。在这方面，所透露信息最惊人的，要算沈既济的《任氏传》，传奇中说，在长安的西市中有“衣肆”，男主人公郑子第二次见到心上人任氏，就是在衣肆中“瞥然见之”，当时任氏只有一个婢女陪伴，换句话说，女人们可以在没有男性的监督、陪伴下，自己结伴去逛市场。更神的是，听到郑子的呼唤，任氏竟然“侧身周旋于稠人中以避焉”，这固然说明衣肆生意发达，顾客众多，另一方面，也显示“男女有别”的规则此时好像不起作用。特别是，同一篇故事中还谈到“鄽中有鬻衣之妇张十五娘”，任氏说她是“市人”，可见，在市场上卖衣服的，也有女人。稍微有些身份或财力的女性，就不会像任氏那样在男女混杂的人群中去挨挤，但是，她们照样也会去市场上买各种女人用的时髦物品，不过是坐着车去。《太平广记》卷二九八“赵州参军妻”条讲述说，一位女性要去洛阳的市场上购买端午节所必须要用的“续命缕”，结果是“车已临门，忽暴心痛，食倾而卒”，接下去就展开了一个灵怪故事——这位女性的灵魂竟然被泰山神“三郎”抢去了！所有的鬼怪故事，都一定要采用一个最日常不过的场景作为开始，以此来增加故事的真实感，这里，是采用了女性准备乘车上街购买过节礼物这一在当时人看来最平常不过的事件。唐代文学中涉及女性坐车到市场买东西的地方还有很多，比如，李廓《长安少年行》中描写一位贵公子："游市慵骑马，随姬入坐车。楼边听歌吹，帘外市钗花。"这位富贵闲人起了逛街的兴致，可是懒得骑马，于是索性跟着爱妾一起乘车出游，逛街的内容之一，就是买"钗花"。

《玄怪录》中"郑望"一条，是一个标准的鬼故事，可是其中有个重要情节却透露了长安时尚业的面目：这个叫郑望的人从东都洛阳到长安去，半路上，投宿到一位主人自称"王将军"的人家，"将军夫人传语，令买锦袴及头髻花红朱粉等"。所谓"锦袴"，应该是指后世所说的"膝裤"，类似于腿套，女性把它们("膝裤"都是成双的)套在小腿上。因为有时候长裙微起，会从裙下露出一抹"膝裤"的影子，所以，它一向被认为是很性感和诱惑的东西，女性们也特别注意所穿"膝裤"的华丽、时髦，免得万一裙子被风吹起，泄出的裙底春光却被旁人笑为老土。"头髻"，就是专门制作的假髻。"花红"，显然是指各种花朵形状的饰品，既包括"钗花"等人造"象生"花朵，也应当还包括花钿这类小饰物。"朱粉"自然是指胭脂香粉一类化妆品了。女性一身上下所需的武备，长安的市场看来都可以提供。与之可以相佐证的，是《任氏传》另一个很有意思的情节。郑子要为任氏买衣料做新衣，可是任氏偏偏不肯，而宁愿买一套做好的成衣。当时，郑子还“不晓其意”，后来才清楚，自己所热爱的人儿实际上是狐狸成仙的化身——这其实是一个狐仙的故事。任氏虽然有种种常人所没有的神奇本领，可是，普通女性都有一手功夫的女红，她却不会，幸亏长安的服务业发达，很容易就可以买到成衣，她才不至于阴沟里翻船，而是顺利混了过去。可是，话说回来，如同“赵州参军妻”这个故事所展示的，赵州参军之妻本人并不是什么狐仙，只是个平凡的妇女，可是，像长命索这样的东西，她也不再自己动手，而是去买现成品。按风俗规定，端午节时的“续命缕”，属于本该由女性亲手编制的“女红”，并且，一年只在过节这天用一次，可是女性也照样可以去到街市上买来，这也许已经涉及到“消费观念”的问题了吧。

从以上这种种线索，唐代大城市中，特别是首都长安城中，商业的繁荣，店铺的热闹，专门为女性服务的时尚业的发达和全面，已经足见一斑了。《玄怪录》的故事中说，几个月后，郑望从长安东归，还真的把将军夫人“所求物”送到了王将军家——然后就是鬼故事的部分了。唐代的长安，在女性心目中的地位，好像有点像今天的上海，它的“时尚业”天下闻名，在外乡外省，一旦有人要去长安——那时能出门四处跑的，多半是男人——

就会引起女性们特别的留意，对她们来说，这是很重要的机会，可以托这些上京城的人顺便捎带一些时尚用品回来。要按照《玄怪录》的演绎，女性死了化成地下的鬼，都还恋恋不忘长安城里的时髦，我真不知道今天的女性对于上海、巴黎是不是也能热情到这样的地步。不管怎么说，既然长安的流行对于闺中的生活具有如此重要的意义，那些有缘一到京师的人，如果有心的话，也当然会想着特意买一点这类物品带给远在外地的女性，比如我们的张生就是这样的一个有心人。

诗词中提到花钿，往往强调其轻、薄、精巧的特点，王建在《题花子赠渭州陈判官》中，就说花子像香粉一样轻，比蝉翼还薄。这样轻薄的小小装饰物，张生拿来作为礼物送给心上人，想来不至于吝啬到只送一片、两片，他托人千里迢迢送去的"一盒"中，盛装的花钿数量应该不少，总有个几片、十几片，甚至几十片的。因此，张生送给莺莺的礼物之一，就应该是装满了一只小盒的各种形状、各种颜色的小花片。我们可以推想，像这样在市场上一盒盒买花钿的顾客，一定不在少数，而这些缤纷的花钿，通过各种路径，最终都到了女人的妆奁盒里。路德延《小儿诗》中描写小男孩淘气，女人的东西他也要掏弄玩耍，其中的举动之一就是"妆奁拾翠钿"；顾夐《酒泉子》中描写一位感情失意的女性，则是："掩却菱花，收拾翠钿休上面。金虫玉燕锁香奁，恨厌厌。”她把镜子遮盖起来，把翠钿和金玉首饰也一同锁进奁盒，决心不再打扮自己了。从这些描写，我们可以推想，就像今天的时髦女性的梳妆台上会有成套的人工美甲、假睫毛一类小装备一样，当时的女性在妆奁盒里，也会备有数目不少的或自制或买来的花钿，每天化妆的时候，会按照自己的个性设计、当时当地的心境，以及参考最近流行的时髦风气，来挑选出几片，贴到脸庞上、双鬓上。

花钿之于唐代女性如此重要，张生千里迢迢送给莺莺“花胜一盒”，似乎也是很“懂得女人心”的，不愧是个“有情思”的“萧郎”。我们今天报纸杂志的时尚版上，不就总是在鼓吹，男人如果真心体贴女人，就得理解女人“天生”爱美、爱时髦、爱时尚物品的心理吗？这些时尚版甚至倡导说，今天“新好男人”的最新最酷版，就是愿意并且善于给所爱的女人选购内衣作为礼物。据网上的八卦消息，“新好男人”一族的镇场大将、英国足球明星贝克汉姆就曾身体力行，主动或者说擅自给“辣妹”太太买了一件胸罩，结果是所有的尺寸都不对，辣妹只好第二天跑去名品店退换，用这件胸罩给自己和儿子布鲁克林各换了一件汗衫；可见“新好男人”并不好当，有难度。从这一点来说，一千来年前的张生，也可以算作好男人、好情人的一个范本了，我们不能拿对贝克汉姆的标准来要求昔日的“士大夫君子”，不能要求他肯给女人买内衣，他能想到买化妆品作为礼物，似乎也就够体贴、多情了。当时，崔莺莺与寡母是在回归长安的路上滞留在了蒲州，就像一条被晾在河滩上的鱼，张生的小礼物，可以说还是给她送去了一丝长安的流行与奢华的气息呢。可是，他真的理解莺莺的“女人心”吗？说实话，花钿、唇膏，只是一般时髦的小玩意儿，在当时来说，大概也不是太破费的东西。很显然的，张生的举动，只是男人给女人献殷勤的一般方式，没什么特别的意思。来旺去一趟杭州回来，不也一样知道悄悄送给孙雪娥“两方绫汗巾，两双装花膝裤，四匣杭州粉，二十个胭脂”吗？

莺莺也送给了情人几件礼物，作为回赠。是她自小佩带的一枚玉环，还有一束发丝，一个文竹茶碾子。这几件礼物，在莺莺的心里，都是充满深意的，她希望，对方的情感能像玉一样“真”，自己也要像“环”一样贯彻始终。此外，发丝象征着她缭乱的心绪，茶碾子上的湘妃竹斑，就如同她为这段感情所流不尽的泪水，她指望着张生看到这三件小礼物，可以感念自己的一片深情，“永以为好”。可结果怎么样呢？崔莺莺在其中真诚倾诉自己混乱矛盾心情的长篇回信，被张生当做情场胜利的证据，出示给朋友们，闹得“时人多知之”，于是士大夫们题诗的题诗，感叹的感叹。这是真真正正的残忍。据陈寅恪先生指出，《莺莺传》乃是元稹的“自叙之作”，如果真是这样的话，像小说中男女互送承载着不同感情分量的礼物这样的微妙小细节,就真不知是出于文学家刻意的设计营构,还是出于当事者无心的诚实了。

潘金莲与䯼髻

几年前，扬之水和我曾经热烈讨论过《金瓶梅》中的“䯼髻”问题。我说“䯼髻”就是假髻，她则认为“䯼髻”是从宋代女性的冠子发展而来的，二人各有自己的意见，但对这个物件的兴趣是一样浓烈。要知道，这可是关系到“潘金莲究竟是什么模样”的大事。最近，终于读到了孙机先生关于这一题目的专文，对于我等《金瓶梅》迷，不啻是个喜讯。孙先生在文章中把明代妇女的头上风光讲解得一清二楚，今后，不论谁看《金瓶梅》，只怕都得把孙先生的这篇大文同时放在手边了——非此你就读不懂书中的那些关于女人头饰的描述。

许多古代仕女画，还有诗文中的描写，给我们造成这样的印象，以为古代的女性都是把一头长长的青丝盘来绕去，做出许多形状奇妙、惊人的发髻来，什么灵蛇髻、坠马髻、惊鹄髻，犹

银丝䯼髻。(江苏无锡明曹氏墓出土)

金丝䯼髻。(江苏义乌明金氏墓出土)

如乌云出岫,其势巍巍,高耸在女人的头顶上。其实,在很多时代,女性们并不总是这样处理头发的,至少在明代的大部分时间里,女性不是如此。明代女性最通行的做法,是用䯼髻、云髻或冠,把头发的主要部分,即发髻部分,包罩起来。出了嫁的妇女一般都要戴䯼髻,它是女性已婚身份的标志。未婚女子就不能戴䯼髻,要戴一种叫"云髻"的头饰,如《金瓶梅》中的春梅在只是通房丫鬟的时候,就戴银丝云髻儿(二十九回)、翠花云髻儿(七十八回),其他三个通房大丫鬟也都戴同样的云髻(四十一回、四十二回)。

不同材料做的䯼髻,则暗示着不同的社会内容。家境一般的女性只能戴用头发编的䯼髻,比如西门庆第一次看到的潘金莲,就是"头上戴着黑油油头发䯼髻"(第二回);作为家人媳妇

明代金五梁冠。(江苏南京明邓府山墓出土)

的宋惠莲,也是“戴着头发壳子儿”(第二十五回),即人发做的鬏髻。有钱人家的妇女,则戴银丝编的鬏髻,也有金丝鬏髻,但不如银丝的普遍(第二十回)。到了重要喜庆场合,这金、银丝鬏髻上要插满成套的首饰,即“头面”,头面的名目、位置、安插方式,孙先生的文章中解释得极详。宋蕙莲的梦想就是西门庆能给她“编(银丝)鬏髻”,像潘金莲一样摆脱戴“头发鬏髻”的命运。而孟玉楼和潘金莲一旦得知,西门庆真的打算“与他编银丝鬏髻,打头面”,“就和你我等辈一般”,两个人都给气翻了,连孟玉楼这个一向假充和事佬儿的人,都再也忍耐不住了。她竟至于一反常态,专门去找潘金莲,阴险地进行挑唆,导致潘金莲跑去给西门庆支狠招儿的一幕,完成了书中无数次家庭内政治阴谋活动的一次典型运作。运作的直接结果,就是宋蕙莲白搭进

头戴金梁冠的明代妇女。（引自《徽州容像艺术》）

了一条性命。一顶银丝䯼髻能够影响人的生死，说明这“壳子儿”作为一个女人社会地位的绝对象征，是多么的重要。

比䯼髻更高一级的是各种“冠”，这是官宦人家的正室夫人才能享受的特权。所以，“戴珠冠”在当时就成了做诰命夫人的代名词，在二十九回里，就因为吴神仙看相时说春梅将来“必戴珠冠”，吴月娘心里便十分的不舒服起来，说：“我只不信说他春梅后来戴珠冠，有夫人之分。端的咱家又没官，那讨珠冠来？”后来，西门庆由副千户“转正”，吴月娘也就戴上了“翡白绉纱金梁冠”（第七十八回）、“五梁冠儿”（第九十六回），而潘金莲等偏房还是只能戴银丝䯼髻。再后来，孟玉楼因为嫁给了知县的儿子、春梅因为做了周守备的正房，也都戴上了“金梁冠”（第九十一回、第九十五回）。此外，还有乔太太的“叠翠宝珠冠”、林太太的“金丝翠叶冠”等，大概即相当于《明史·舆服志》中的“珠翠庆云冠”，似乎在当时的习惯中，这类冠是地位更高的妇女才戴的，西门庆家的女人没一个有福气戴上。

女人可以为之闹出人命来的这些重要头饰，在今天人的眼里可很难谈上美感。冠一般呈扁矮的椭圆形状，而䯼髻的基本形状则是圆锥体。女性要把这种小帽子似的东西扣在发髻上，而冠、䯼髻内的空间都是很有限的，所以发髻当然就不可能再做成什么奇特恣肆的形式，只能用最简单的方法盘在一起。《金

明代的嫔妃。(明·佚名《明宪宗元宵行乐图》)

瓶梅》第二十八回就写,陈经济看见潘金莲临镜梳头,“红丝绳儿扎着,一窝丝攒上,戴着银丝鬏髻”,说得很清楚,是把头发做个最简单的“攒(攥)儿”,扣在鬏髻下。第五十三回中,写李瓶儿把头发“仓忙的扭一挽儿,胡乱磕上鬏髻”,展示了完全相同的盘发方式。定陵出土报告记录,万历的孝靖皇后的发式是“理顺后盘绕一周,余发掩于髻下,髻上又插金玉簪钗”,显然正是采用了这种“一窝丝攒”,而孝端皇后是“头发用带扎后盘于脑部稍后,横插金簪”,连扎头发的方式都与潘金莲的办法相同。两

鎏金银镶玉佛满池娇分心。
（定陵出土）

尖头䯼髻的正面簪插一件金观音分心。
（明·倪仁吉《吴氏先祖图册》）

位皇后都戴着“黑纱尖棕帽”，即䯼髻，作为实例，展示了明代女性处理头发和䯼髻关系的方法。

所以，绘画或诗文中的那些奇妙髻样，一般来说，在明代女性头上是看不到的，她们的头顶或扣着一顶扁沓沓的冠，或戳着一顶尖耸的䯼髻。潘金莲一生也没有过戴冠的风光，她人生的顶点，只达到了戴银丝䯼髻这个段位。从出土实物和明代写实艺术品上看，明代的䯼髻多半是下圆上尖，有点像窝头的形状，看来潘金莲就是把这么个窝头形状的玩意儿成天罩在头顶上，而据兰陵笑笑生看来，戴上银丝䯼髻的潘金莲，“打扮的就

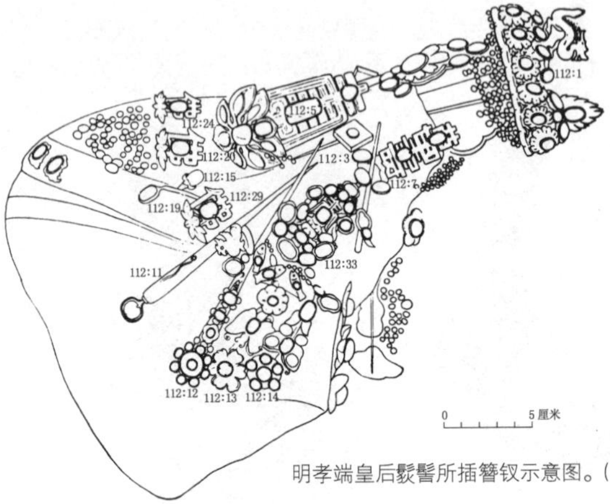

明孝端皇后䯼髻所插簪钗示意图。（引自《定陵》一书）

是个活观音”，真是美极了，迷人极了。

《金瓶梅》中说，潘金莲不仅美，而且风流，是“从头看到脚，风流往下跑；从脚看到头，风流往上流”。不知道当时的人对“风流”是怎样定义的，从现存的实物和图像资料看，明代前中期的女服和女性装饰所塑造出来的女人形象，与我们今天人的“风流”概念实在是差出很大一段距离。明代的艺术品，特别是绘画，很少写实性地表现当代妇女真实形象，特别是在前中期，尤其如此。不过，从有限的艺术表现中看，在很长一段时间内，明代女性的造型基本呈“金字塔形”。这是因为她们下面的裙子一般都追求宽松，有时还穿下摆宽大的喇叭型裙，上衣的衣摆、袖管也是喇叭形，这就使得人的外形在裙底部位最宽，越往上越向内收缩，而金字塔的顶尖，就收在䯼髻的尖头上。《明宪宗元宵行乐图》中的宫妃形象，就是这种金字塔式造型的最好展示，初看这幅画卷的人，大概难免会感到又意外又失望，所谓宫廷中的妃嫔，原来竟是这样衣着拘谨，一身"拙趣"，毫无风雅可言。图中，宫妃们所戴的䯼髻（孙先生认为这是"特髻"，但我以为"特髻"基本上与"䯼髻"是一回事，当然二者在形式、材料、工艺和用途上还是有很多细微差别），造型比一般民间所用的还要夸张，当真是圆锥状，顶上是个尖头。

有意思的是，定陵中万历的两位皇后，在入葬时都戴着同样的"黑纱尖棕帽"，外形与《行乐图》中的䯼髻十分相像，说明

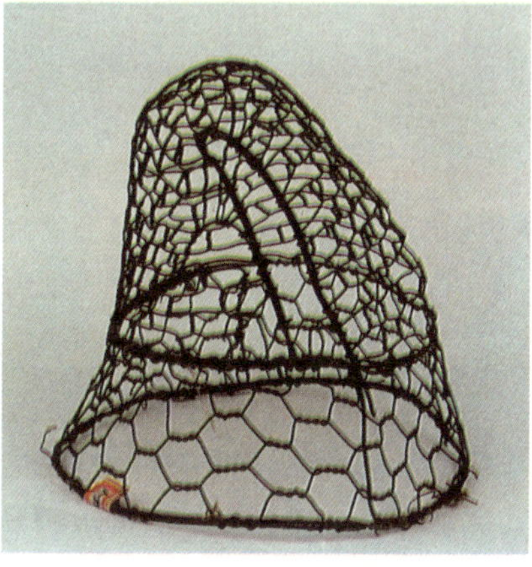

银丝弯头䯼髻实物。（江苏江阴青阳明墓出土）

这种尖头的𩮗髻不仅当真存在，而且在宫中流行了很长时间。其中一顶陪葬的“黑纱尖棕帽”——𩮗髻，高 15 厘米，可口径宽只有 13 厘米，真是像《行乐图》中描绘的那样，尖而窄，女人头上戴着这样一顶小高帽是什么模样，大家尽可以根据《行乐图》来自己加以三维想象。万历两位皇后的𩮗髻上，同样插满了贵重首饰，其中很多都可以和《金瓶梅》中的描写对应起来，比如散落在孝靖后头部周围的一件“镶宝玉观音鎏金银簪”，是在鎏金首饰上嵌玉观音，下面还有莲花座，这就很接近《金瓶梅》中提到的“金厢玉观音满池娇分心”（孙先生文指出明墓中出土有“文殊满池娇金分心”），此外，无论从服装式样、织物质地乃至纹饰等各方面，定陵两位皇后的物品都与《金瓶梅》中的描写有许许多多的相合之处，足以作为我们想象西门庆家女人形象的参考。今天比较常被引用的《金瓶梅》版画插图，是明代崇祯年间的作品，在这些插图中，女性头梳倭坠髻，后拖双燕尾，长衣大袖，婀娜颀长，看去倒是更合乎我们对“风流”的概念，不过那是晚明的女人形象，与书中的描写不符，也与定陵的出土物很不一样。

《明宪宗元宵行乐图》和定陵出土物说明了这样一个事实，就是明代宫中妃嫔的日常打扮，与民间相差不远，主要只是在材料上更豪华、更糜费而已。如果拿山西新绛稷益庙、繁峙公主寺等处明代壁画中出现的写实性妇女形象来做比较，这一点就很明显。壁画中的这些明代平民妇女，和皇宫中的娘娘们一样，都是脑袋上顶着个尖头䯼髻，上身穿一件短撅撅的袄衫，下面穿一件长度刚到地面的裙子。社会的上下层如此一致，一概采用如此老实、简单、拘谨的穿扮方式，这恐怕是明代女服的一个特点，也是历史上比较少见的现象，可能与明代的宫廷制度有关。

简单而拘谨，并不等于就没有异趣。定陵和《行乐图》中展示的䯼髻在我们眼里就够“奇装异服”了，而在我们谈到的两处明代壁画中，女性头上的䯼髻甚至更为怪异——它的尖头向前弯曲，呈弧倾之势。类似这种朝前探头的银丝䯼髻，近年屡有实物从明墓中出土，证明画家的表现是有现实根据的，这样的头饰当年真的流行过。《行乐图》卷首有长篇题赞，所署年款为宪宗成化二十一年仲冬吉日，即公元1485年，那么，这一画卷应该创作于这一年或此前不久。而稷益庙壁画完成于正德二年(1507年)，公主寺壁画作于弘治十六年(1503年)之后，这三幅作品，应该是把明代中期女性服饰的基本面目准确勾勒出来了。正德皇帝所钟情的李凤姐，想来无非就是这样的打扮。另外，历史博物馆曾经展出一件明代女俑，其头饰部分与两处壁画中的描绘基本相同，戴着朝前弯头的䯼髻，而这件女俑出于

带弯头鬏髻的明代妇女（图中最左边一人）。（山西繁峙公主寺明代壁画局部）

嘉靖四十一年（1562年）山西晋城梁佩之墓中。《金瓶梅》被认为是嘉靖或隆庆、万历年间的作品，那么，潘金莲的头上风光，就应该与这件女俑或定陵二后相近。说真的，这个事实可是有点让人难以接受。

潘金莲早已成了太有名的人物，她在历代读者心中激起的反应之复杂，大概没有其他文学人物能比。对于这种深入人心的形象，读者会情不自禁地按照自己的审美观对之加以想象，这也是常情。可是，我们这个时代的看法，是以手长腿长，瘦骨嶙峋到状如病鬼，并且还尽可能地把这把瘦骨都暴露在外的女人为至美，看到潘金莲的整体造型很可能状如金字塔，许多人不免要吃一惊。其实，任是谁的审美习惯，也都只是出于时代的塑造而已，而历史上女性的装扮从不肯遵循一种固定的标准。我们觉得好看也罢，赖看也罢，明代中期的女子服饰至少是很有特点的，与其他任何时代，包括明代的早期和明末，都截然不同，套用今天的话说，就是形成了一个时代自己的个性。萨克雷在《名利场》中评论他的女主角蓓基的话，只要稍加改动，用在我们的潘金莲身上就也一样合适："至于她的穿戴，现在时髦的女子一定会嘲笑它荒唐可笑，可是二十五年以前，不但蓓基自己觉得漂亮，别人也公认她漂亮，竟和时下最有名的美人儿身上的华服艳裳不相上下。再过二十年，眼前最出风头的打扮也就和其他过时的装束一样，只好博大家一笑了。"

晋代名士的休闲服

晋代名士好为“散发裸身之饮”，这种风气对于美术史的意义，就是中国古代绘画中从此出现了许多袒胸露怀乃至半裸的男人形象，传统绘画由此多了一大表现主题。

东晋南北朝是艺术史上一个伟大辉煌的时代，艺术在这一时期所达到的成就，迄为后人所难以想象。在这一时期极其活跃的艺术创作活动中，表现名士们和他们“散发裸身之饮”的活动，是绘画中的一个热门题材。“热”到什么程度？“热”到士大夫们不仅生前欣赏、甚至亲自创作这类题材的作品，死后还要用表现“竹林七贤”的绘画装饰自己的墓室。近年，这些安置在墓室墙壁上的表现“竹林七贤”的砖画、壁画，有一些被从南北朝的墓葬中发掘了出来。拿这些出土艺术品一比照，人们才发现，传世画卷、原来相传为唐代画家孙位所作的《高士图》（现藏上海博物馆），也正是表现“竹林七贤”的一幅作品。墓室绘画中的“竹林七贤”作品有一个共同特征，就是它们都呈现出彼此大致相同的表现样式，说明在南北朝时代，这一类描绘“竹林七贤”的作品一直十分流行，而且形成了一定的固定样式。南北朝墓室绘画中呈现的这种“七贤”表现样式，在《高士图》中几乎一样不变地得到了再现，这就说明，不管这一画卷本身的具体产生年代是哪一朝，它主要是临摹和记录了南北朝产生的、此后代代相传的一种“竹林七贤”的表现样本。

有意思的是，在大样式一致的前提下，《高士图》在对“七贤”的具体表现上要比墓室绘画更大胆、彻底，墓室绘画中，七贤一般仅仅是“露头散发”、“箕踞”，至于“裸袒”，则至多是表现

南京西善桥东晋墓出土“竹林七贤与荣启期”砖画之向秀与刘伶。

为衣衫凌乱，露出了前胸、胳膊和腿脚，点到为止而已。大概在死亡面前要做到“放达”还是太难了，因此当时的士大夫中谁也没有胆量在自己的坟墓里画上一群裸体男人。但是，《高士图》是给阳世的人欣赏的，就没有这一番顾忌，于是，画上把山涛、王戎、刘伶、阮籍四人（画卷已残，其余三人已失）真的画成了没穿上衣的半裸体。在传世绘画中，这样大胆的作品并非仅此一例，流传到国外、现藏波士顿美术馆的《北齐校书图》，甚至比它走得更远。《北齐校书图》相传是北齐画家杨子华的作品（现存为北宋人摹本，原本已失），从画中表现有一些北朝时代才出现的服饰这一线索来判断，这一画卷的原本确实应当是产生在北朝后期，即北齐前后的时代。这时代距“七贤”、“八达”生活的年代已经有一段距离了，不过，晋人开创的独特风气看来仍然很受推崇。画中左边一段，就是画了一群士大夫，围坐在一张大坐榻上，一个个都是醉体难支的样子，一看便知是“酣饮已累日”（《晋书·光逸传》）。沉醉中，这些人却在援笔凝思，准备乘着酒劲灵感大发，写出些美妙诗文。周围一群女婢在忙着服侍这些放达之士，有人捧来了琴，有人提着酒瓶，有人抱着供主客凭靠的隐几、隐囊。这其实是在表现后世文人画中也一直津津乐道的一个主题，即“文人雅集”。不过，与后人不大相同的地方是，这一帮士大夫如同《高士图》中的人物一样，个个都是半裸体，

（上图）“散发裸身之饮”的士大夫们，都披着半圆形的轻纱纶巾。（北齐·杨子华《北齐校书图》）

（下图）身披半透明轻纱纶巾的王戎。（［传］唐·孙位《高士图》局部）

全身用来避体的衣服，只有围在下身的一件吊带式的白裙。

然而，让人感兴趣的是，《北齐校书图》中的这一帮放浪形骸的高士虽然都已是半裸了，在没有穿襦衫的肩背上却都披了一条式样独特的轻纱披巾。这种披巾样式很有特色，是半圆形的，相当宽大，披在肩头，巾下缘足以垂到腰部以下。高士们把披巾搭绕在肩背上，两只巾角垂在胸前，披巾的两襟上缀有一对帛带，用以系结住巾角。无独有偶，《高士图》中的山涛等人也是这样，在赤露的肩臂上披着同样的半圆形轻纱披巾。《北史·李翥传》中记载："(李翥)晚节颇以贪酒为累。贫无居宅，寄止佛寺中。尝(常)著巾帔，终日对酒，招致宾客，风调详雅。"那么，什么是"巾帔"呢？据《释名·释衣服》所释："帔，披也，披之肩背，不及下也。"《北齐校书图》中描绘的这种"披之肩背"的披巾，显然就是当时所说的"帔"，李翥"终日对酒"时所披的"巾帔"，与《北齐校书图》中描绘的披巾应当是形式上大致相近的同一类服饰。由此看来，《北齐校书图》、《高士图》中的描绘显然都不是凭空杜撰，南北朝的士大夫在闲居的时候，确实经常披戴帔巾，作为便服的一部分。

最有意思的是，在敦煌第103窟著名的唐代壁画"维摩诘经变"上，手持如意，与维摩诘论辩正酣的文殊菩萨，也在两肩上披着这样一件近乎透明的轻纱巾帔。维摩诘与文殊论辩，是为东晋南北朝艺术家所热衷的题材，而那时的艺术家之所以对这一题材特别感兴趣，是因为在他们看来，这一题材最好地寄托了士大夫的人生理想。经过东晋南北朝艺术家的热情创作，这一题材逐渐形成了它独有的十分固定的表现程式，并且为唐代艺术所忠实地继承。观察现存的维摩诘题材的绘画、雕塑，种种细节都表明，那些创作并发展了这一题材的东晋南北朝艺术家们，在很大程度上是在借题发挥，通过这一佛教题材，他们实际上非常生动地描绘了当时士大夫们在清谈时的真实状态。也就是说，南北朝及唐代的维摩诘题材作品，其实是对东晋南北朝士大夫的生活，特别是清谈活动的具体反映。在这样一类的作品中，文殊手执如意、身披轻纱巾帔侃侃清言的形象，显然正是对当时士大夫的理想化表现。把这一条资料与《北齐校书图》、《高士图》等表现两晋南北朝士大夫的作品相比证，不难看出，半圆形帔巾正是当时士大夫格外喜爱的一种服饰。

我总在揣测，在绘画中屡屡出现的这一种半圆形纱帔，就是文献中常常提及的“纶巾”。学者们一向认为纶巾是一种头巾。可是，陆翙《邺中记》有云：“皇后出女骑一千为卤簿，冬月皆著紫纶巾，熟锦袴褶。”《陈书·儒林传·贺德基》中谈到：“德基少游学于京师，积年不归，衣资罄乏，又耻服故弊，盛冬止衣夹襦绔。尝于白马寺前逢一妇人，容服甚胜，呼德基入寺门，脱白纶

（上图）身披纶巾的阮籍。（［传］唐·孙位《高士图》局部）

（下图）身披纶巾的山涛。（［传］唐·孙位《高士图》局部）

巾以赠之。”从这两段文字的意思来推测，纶巾能够在冬天穿用，当是一种具有御寒作用的服饰。因为贺德基冬日衣裤单薄，妇人才赠他白纶巾，赠巾之意，自当是助其御寒，在这种情况下，当然是以赠披巾、披风一类服饰为宜，而不应赠头巾。再说，古人最重视头上所戴的巾冠，很难想象男女混用同一种头巾的情况，贺德基这样一位“世传《礼》学”的儒者，恐怕也不会接受女人的头巾。《晋书·谢万传》中更记载，谢万曾“衣白纶巾”，证明纶巾是一种穿在身上的服饰，而非戴在头上的头巾。

在文献中，纶巾又写做“轮巾”，“纶”、“轮”相混。如徐君倩《初春携内人行戏诗》中描写女性装束：“树斜牵锦帔，风横入红纶”；沈约《观新婚诗》却作：“红轮映早寒，画扇迎初曙”；庾信《奉和赵王美人春日诗》也有句云：“步摇钗梁动，红轮帔角斜”；唐人李贺《谢秀才有妾缟练》诗之四：“泪湿红轮重，栖乌上井梁”。王琦汇解：“庾信诗：‘步摇钗梁动，红轮披角斜。’李颀诗：‘织成花映红纶巾。’二诗轮纶字体虽殊，详义则一。疑是妇女佩巾披之属，故为泪所沾湿也。”庾信诗中更明言“红轮”是帔巾。另外，《后汉书·章帝纪》记：“癸巳，诏齐相省冰纨、方空縠、吹纶絮”，唐李贤注：“纶，似絮而轻”，说明“纶”是一种似绵絮而轻的丝类物。《北齐校书图》等图中表现的披巾都呈半圆形，而且无一例外都是以极为轻盈透明的纱罗制成，由此推测，或许最初因为这种帔巾形如半轮，因形得名为“轮巾”；后来，轮巾渐渐都改成以轻纱为质，于是又转写成了“纶巾”。

在南北朝时期，纶巾一类的巾帔在士大夫中非常流行，甚至，在相传是初唐画家阎立本作品的《古帝王图》中，陈朝的两位皇帝也都穿着这一类服饰。其中，陈文帝身披的一件颇为长大的帔巾，并不是用轻纱制成，看去有丝丝的细毛，可能是文献中所说的“白接篱”、“白鹭縗”。《世说新语》“任诞”中记载，山涛外出游赏，每游必醉，“人为之歌曰：‘山公时一醉，径造高阳池……复能乘骏马，倒著白接篱（䍦）。’”《南齐书·东昏侯记》则云：“又订出雉头鹤氅、白鹭縗。”晋郭璞注《尔雅》曰：“白鹭也，头、翅、背上有长翰毛，今江东取为睫樆，名之曰白鹭縗。”北朝、初唐时，流行过一种独特的服饰，叫羃䍦。这种羃䍦主要就是把一方长大的衣料略加裁剪、缝缀，做成近似披风的形式，人们出门在外时把它披罩在身上来挡避风沙。把这些资料综合起来看，“䍦”在当时是对披风类服饰的一种称呼，白接䍦（睫樆）、白鹭縗，应当就是用白鹭羽毛做成的披风、披巾，也就是《古帝王图》中陈文帝披在身上的服饰，主要出在多有白鹭的江南地区，是江南特产的豪华高档时装。

从文献记载来看，纶巾是一种男女通用的服饰，而且，很可能最初主要是女人用的服装，后来以它的形式朴雅、穿着舒适

身披接䍦的陈文帝

而在士大夫中流行开来。不过，纶巾、白接䍦等巾帔类服饰始终没有能进入正式的礼服、官服之列，只能是闲居时所穿的便装的一部分，也就是我们今天所说的“休闲服”。从《古帝王图》中的陈文帝形象上，我们就可以领略到两晋南北朝士大夫闲居时的自在状态。在画中，陈文帝盘坐在矮榻上，身着上襦下裙的便装，在襦衫外披一件简单而雅致的白接䍦，将整个身形笼在其中。他手持如意，双臂撑倚在身前的隐几上，好一副温雅闲适模样，那一时代贵族士大夫们的风流蕴藉，在这里真是得到了传神的描绘。不过，对于当时的人来说，纶巾是一种极不正规的服饰，只能在独自闲居时穿着，如果有人佩用纶巾见客，就会被视为是极其狂傲、放诞的举止。《晋书·谢万传》云：“万著白纶巾，鹤氅裘，履版(应为屐)而前。既见，与帝共谈移日。”白纶巾、鹤氅裘、屐子，在当时都不是正式礼服，谢万却这样装束起来去见当时位为宰相的简文帝，正显出其“矜毫傲物”的性格。《世说新语》中记载谢万的另一个出格举动，是他披着白纶巾，坐着肩舆，直闯到官厅上去见自己的岳父，刘义庆干脆把这一举动归在了“简傲”一科里。然而，在当时的实际情况中，与谢万一样故意穿着纶巾见客，以表示自己不为俗规所拘的似乎大有人在，一时形成了一种社会风气，《北齐校书图》中就是表现士大夫身披半圆形轻纱帔，即纶巾，“终日对酒，招致宾客”；敦煌第 103

窟“维摩诘经变”中，文殊则是身披纶巾，与维摩诘“共谈移日”。这一处壁画中的文殊菩萨，被表现成一位卫玠一般美如冠玉的少年，他手持如意，侃侃而言，与对手剖析义理，“往反精苦”，激动中，纶巾从肩头滑落到两臂，也无暇去在意。与他相对的维摩诘则挥舞麈尾，斜披鹤氅，显然，在清言活动中，大家都宁愿穿着休闲服，以表示自己的随意、潇洒，视名教蔑如也。巾帔、纶巾、白接䍦，都被延伸出了一种象征意义，士大夫通过披围帔巾，来表示自己对正统礼法的抗拒，他们故意穿着这些休闲服装参加各种社会活动，对于那些拘于“名教”的人来说，这当然就是一种所谓的“任诞”、“放达”行为了。《北齐校书图》、《高士图》中，让半裸的士大夫们披围着巾帔，自然正是因为在当时人的眼中，纶巾有着这一层抗拒名教的象征意义，是放达人士们的醒目“标志”之一。我们今日总说“晋人风流”，如果不了解这些细节，恐怕就不容易理解那“风流”究竟是怎样的一种情形。

万里远来的衣衩

说起中国女性的旗袍，最吸引人眼球的应该就是侧边上的那两道开衩。这两道长长的开衩随着穿衣人的动作忽开忽掩，让一双玉腿半遮半露，非常性感，当然也就很诱惑。女性想出来展示自己身体的手段很多，这一种应该算是比较巧妙、别具一格的。我们民族惯爱于含蓄中达格外彻底之境界，这一文化性格，在这里得到了充分的体现。

可这开衩是从哪里来的呢？是从什么年代开始才有的呢？如果仔细观察一下就会发现，在衣服上做开衩，并不是中原本土的发明。从各种各样的出土艺术品，以及少量传世绘画上看，在先秦时代，中原服饰上是没有开衩的，秦汉、魏晋南朝的服装上也没有——秦兵马俑上没有，马王堆出土的西汉衣袍实物上没有，《女史箴图》和《洛神赋图》上也没有。

根据目前掌握的资料来看，中原地区的艺术表现中出现衣衩，是在北朝晚期。比如最明显的一例，是在北齐娄叡墓壁画

带开衩的贯头衫实物。（新疆尼雅出土）

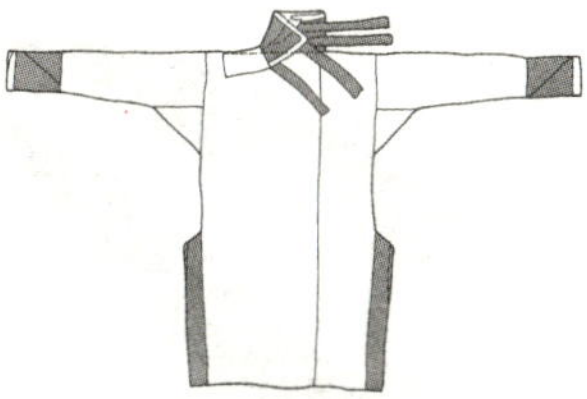

贯头衫结构示意图

中，有一位倚马站立的武士，在他所穿圆领袍的身侧，明显表现有开衩。另外，在甘肃天水麦积山石窟第四窟北周时代的《出行图》壁画中，有一位骑者穿着与娄叡墓壁画中武士相同的圆领袍，袍侧同样出现了开衩。衣衩何以忽然出现在了中原服饰中？要知道，不仅汉晋服饰中没有衣衩，就是孝文帝改革前的鲜卑传统服饰，也不带衣衩。从固原出土北魏漆棺等资料上可以看出，鲜卑的传统服装是一种对襟式短袍，这种袍子上是没有开衩的。

值得注意的是，正是在北朝时期，史料文献中出现了关于衣服开衩的专门记载，不过，说的却是外国的事情。北齐魏收所著《魏书》列传九十记“波斯”：“其俗：丈夫剪发，戴白皮帽，贯头

白地云气人物锦帽。(新疆尼雅出土)

衫,两厢近下开之。”“两厢近下开之”,当然应该是说,波斯男人所穿的“贯头衫”在两侧接近下边的部位有开缝,这,显然就是衣衩了。唐人所著的《周书》和《北史》中也有完全相同的记载。似乎,中原的人们,包括那些刚刚进入中原不久的新来民族,都是在北朝这个时代才了解到衣衩这种形式的,对他们来说,衣衩还是个蛮新鲜的东西,以致要在文献中特意记下一笔。而这一带而过的简单一笔,恰恰给我们提供了很重要的一条线索。

1995 年在新疆尼雅发现的墓地中,M8 和 M3 墓中都出土了珍贵的衣服实物,其中,有若干是不开襟的“套头”式的长袍、长裙,这些袍、裙或作为随葬品放在棺内,或者直接穿在死者身上。它们都在衣两侧有开衩,因此,这些衣服正符合“贯头衫,两

回鹘高昌王供养像。(新疆柏孜克里克石窟 20 号窟)

厢近下开之”的记载，说明《魏书》所记载的这一种独特衣式，是确有其实的。这两座墓的年代，有人定为魏晋前凉时期，有人定为汉末建安至魏晋时期。也就是说，《魏书》等文献所记载下来的那一很独特的波斯服装形式，至晚在魏晋或十六国时代，就已经流行到西域地区了。最有意思的是，M8 墓中，还出有一顶白锦帽，帽缘上镶有皮革，帽面则为有四色花纹的白锦，正符合《魏书》中所记载的波斯男子“戴白皮帽”的风俗，北朝史料中所记载的波斯男子的整套穿戴，在这里全都发现了。需要说明的是，带开衩的“贯头衫”的实物，在新疆地区其他同时期的墓葬中也有出土，可见，这种衣服样式在那一时代那一地区是被普遍穿用的一种日常衣式。实际上，带开衩的贯头衫，在西域地区流行了很久，在新疆柏孜克里克石窟第 20 号窟的“回鹘高昌王供养像”中，三位回鹘国王正是穿着这一种样式的长袍，同窟的“三都统供养像”上，三位僧人则是在袈裟内穿了贯头衫。不开襟、套头穿的“贯头衫”，显然不是出于中原地区的服饰传统，然而，正如文献和出土实物指明的，恰恰是这一外来的服装样式上带有“两厢近下开之”的衣衩，由此，我们似乎可以推断出，衣衩乃是中原地区以外的发明，如果史书记载无误，它竟是远从波斯传来的，真所谓“不远万里，来到中国”。其传播的路径，是早在汉末、魏晋时期先传入了西域，然后，大致在北朝晚期，中

着"缺胯"之服的五代贵族。([传]五代·周文矩《重屏会棋图》局部)

原地区的人们注意到了衣衩的存在，并把它引进到北朝服饰上。

顺便说一句，尼雅古墓中出土的衣物，显示出几种不同传统交混并存的特点，实在值得注意。如M8墓的男墓主身上，在最外面穿一条对襟短袍，下穿长裤，这种衣式在北朝时代的中原北方地区也曾经十分流行，如鲜卑人的民族服装就采用这一样式。可是，在这件短袍里，他又穿了一件“波斯式”的套头开衩长衫。同墓女墓主所穿最外一层长袍上，却出现了在下摆边上镶缝一道百褶式宽边的做法，而这本是中原贵族服饰上特有的时髦装饰。此外，在M3墓中，有一种掩襟式宽摆上衣，明显受到了汉式服装的影响，这一种形式的上衣在北朝时代的北方地区也流行甚广，在那一时代的艺术品中常可看到。这种种不同传统、不同样式的服装竟能如此集中地出现在相邻两座墓中，本身就是个很有意思的现象，而类似的不同服饰传统混合并存的现象，也呈现在新疆同时期其他墓葬的出土衣物中。特别值得注意的是，M3墓出土的这种带有汉地风格的掩襟宽摆式上衣，已经带有开衩，似乎显示了衣衩从西域传统服装开始向中土式服装上转移的一丝线索。

衣衩一旦在北朝晚期被引入中原服饰之中，很快就受到了广泛的欢迎。我们可以从墓室壁画中清楚地看到，到了初唐，它已经悄悄现形在了众多唐代男子的圆领袍的两侧，并且就此在这个地方安营扎寨，再也不打算离开了。中原人从外来的胡服——波斯服装、西域服装那里受到了启发，把胡服上的衣衩"拿来"到了自己的袍子上，至于为什么胡服上会有衣衩，为什么中原服装要把衣衩"拿来"，文献记载没有给我们提供明确的答案。比较合理的推论是，在衣服两侧开一道衣衩，可以方便骑马，人骑在马上，或者上下马的时候，都会较少受到衣服的束缚。至少，唐人采用衣衩，最初是出于在马上行动方便的目的。如《新唐书·车服志》中记，唐初，军将们"有从戎缺骻之服"，而"不在军者服长袍"。所谓"缺骻之服"，在马周上议中说："开骻者名曰缺骻衫。"开骻、缺骻，显然都是指衣服在两胯上有所开缺，亦即使衣襟开裂为前后两片的衣衩。由此，我们知道，唐人把开有衣衩的上衣、袍称为缺骻衫、缺骻之服，而这种带衣衩的服装，最初主要带有"从戎"即作为军服的意义，这当然是因为有开衩的衣服让人行动起来更方便，特别是跨在马背上时不会受到衣摆的困扰。在当时一般守礼的人看来，这种服装样式是很不雅观的，马周就给唐太宗上书，以"礼无服衫之文"为理由，希望把"缺骻衫"限制为"庶人服之"，让需要劳作的平头老百姓才去穿它，对此，皇帝也批准了。在传世绘画《步辇图》中，立在禄东赞之前的唐代官员，所穿长袍上就没有衣衩，也许，这正反映了当时的穿衣制度：在正式场合，有身份的人所穿的正式服装上，是不可以有开衩的。

不过，马周把穿“缺胯衫”当作一个问题提出，其实恰恰从反面说明了衣衩在当时社会上下各阶层普遍受欢迎的程度。想必是上层社会成员的服装上纷纷出现了开衩，才激起了马周的责任感，要引经据典，力挽狂澜。可是，从唐代艺术中可以看到，这种努力根本不可能成功。在唐代，开衩绝不仅限于庶民的服装和军人的战服上，显贵、文人也一样采用这样的服式，这可以从敦煌壁画等处的唐代男性供养人形象上看到，另外，如佚名唐人作品《游骑图》中的贵公子们与其仆从，相传为韩滉作品的《文苑图》中的几位文人，都一样穿着有开衩的圆领袍。相传为五代周文矩作品的《重屏会棋图》，据认为是描绘南唐中主李璟与他的几位兄弟一起下棋为乐的情景，画中，两位尊贵的皇室成员所穿圆领袍上一样带有开衩。显然，人们发现，即使不骑马，就是在平常生活中，有衣衩的服装也给人行动更方便更自如的感觉，于是，衣衩从此就在中原服装中扎下根了。

可是，在唐代的前中期，衣衩也还是和中原女子没有发生什么关系。大约是到了晚唐时代，女子们时兴穿一种对襟的长上衣——披衫了，这时，这种所谓“披衫”上竟赫然出现了开衩，这在《簪花仕女图》中可以看得很清楚。中原女性为什么也要在衣服上开衣衩呢？也是为了方便吗？还是仅仅为了装饰性？这恐怕很难回答。不过，在中外服装史上都有一个有趣的现象，就是女性不断地模仿男性服装样式，把另一性的服装形式或直接或改头换面地，改装到自己的服饰上。中原女子之采用衣衩，或许也是这样的一次“拿来”吧。于是，男服模仿胡服，女服又模仿男服，结果是到了宋代，无论男女贵贱，长袍和上衣都一律带有开衩了，到了这个时候，只怕没有开衩的上衣，在人们的眼中才反而会显得奇怪。

当然，开衩不仅仅传入了中原地区。从历代艺术表现中可以看到，从唐代开始，在中国的整个北部地区，从西北到东北，各少数民族的男女服装也都采用了开衩。比如，敦煌壁画中的回鹘贵族就穿着这一衣式，传世绘画和墓室壁画则表明，契丹人与蒙古人的服装，都是无论男女，皆有开衩。对这些马上民族来说，开衩当然是一种很便利的设置，所以很容易地就被不同时代、不同地区的北方游牧民族所接受。也正是由于这一点，才导致了满族妇女所穿的旗袍的出现，这应该也算是一种“胡服”吧，不过，此“胡服”与《魏书》中所记载的彼“胡服”， 在时间和空间上都相隔着遥远的距离，在二者之间，有着一部复杂丰富的文化传播与交流的历史曾经发生。由满族妇女的旗袍经过改良，最终演化出了现代旗袍的独特形式。当然，与传统大不同的是，以往，无论衣服怎样开衩，女性在其下总要穿裙或裤的，而今女性却是直接把一双秀腿显露在外，于是，至少已有上千年历史的开衩，才忽然有了另外的一种妙用。当我们欣赏着旗袍的下摆飘飘合合的时候，又怎会想到，衣衩这一精彩的发明，乃是昔日从西域一带传来的外来样式，并且很可能是为了骑马方便而发明出来的呢。

此图曾经被误认为李清照像，但人物所着为明末清初服饰。(清·崔错《仕女图》)

李清照的时装

易安词独出群伦，词中所述所抒，尽取自一位宋代女性凝视生活与世界的视角，正是其可贵之处。后人读易安词时，每若蓦然遥见到一位独立在时光的彼岸上的女性身影。在那一片红藕香残、黄菊西风、金猊香断、玉簟秋冷的闺阁天地，它的主人本人究竟作何风仪？后人倾心钦慕之下，难免心生好奇。

两宋时代，本是绘画史上人物画相当发达的阶段，当时，不乏表现宋代女性形象的绘画作品，无奈这些画作多毁逝于漫漫时光中，未得留存后世。今日所见的李清照像，多是明清人依想象绘成的作品。易安居士的形象便不免依照这一时代人们的审美与伦理观念加以塑造。例如清代画家崔错所绘《李清照像》，其画中人头挽乌髻，身穿一件有竖领、对襟、阔袖的长衫，这长衫宽松长大，其长过膝，束在衫内的下裙仅从衫襟下露出一段裙裾。这等衣式，其实正是典型的明末清初女服样式，如果将穿

绉纱背子。(福建福州南宋黄升墓出土)

着这一种服饰的形象安排给柳如是、顾媚,或可相差无多。就艺术水平而论,崔错的《李清照像》不失为明清时代人物画创作中的上佳之作,因此,此画被收录入了《中国美术全集清代绘画卷》中。画中所绘的女性形象,与李清照本人却实难相干。

如果将近年出土文物及墓室壁画资料与传世绘画结合,稍作研究,便不难发现,宋代女性自有为其他时代所绝无的独特服饰样式,其特点不能不谓为新颖、独特、大胆。

宋代女服最为突出的特色之一,在于它的上装形式。宋女服上装主要由两件组成:首先是一件长巾形抹胸,女性将它围裹在齐腋以下的前胸与后背之间,抹胸上缘仅至腋下。然后,再

身穿“不掣衿”式背子、内围抹胸的北宋女性。（河南白沙宋墓壁画）

穿上一件称为“背子”、“背儿”的长衫。这种长衫直领、对襟、长袖、两腋下开长衩，衣长常至膝部上下。背子的两襟并不紧加掩束，仅仅在腹部用一对纽带系束一次，形成长长的“V”形领口；或者索性不加系束，任由两襟松敞，当时称为“不掣衿”式。如此，女性用以围掩胸部的抹胸，裸露在抹胸上方的前胸，都会部分地自“V”形领口或松敞的两襟间显露出来。换言之，李清照等两宋女性绝不似后来的明清女性，用高高的竖领、紧掩的衣襟令女性的肌肤、身体一皆消失在服饰下。她们不仅敢于袒露脖颈及前胸，更将古来一直仅用为女内衣的抹胸，转用在外衣上。抹胸古已有之，不过一直是作为女用内衣，由女性贴身穿着，其外有襦、袄等衣加以遮掩，不令他人轻易窥视。在李清照生活的时代，女性们却将外衣依照贴身抹胸的形式裁作，并且将之作为外装的一部分穿着，任其显露于睽睽众目之下。这一“背子＋抹胸”的“两件套”上装衣式，其实不能算是宋代女性的发明。至迟在晚唐时代，这一衣式已经成为衣服的通行式样。《花间集》中吟赞的女性们皆是如此穿着，早于李清照的女词人，五代时的花蕊夫人，与西蜀、南唐宫廷中的所有后妃宫人们一样，也正是以这一衣式为常装。“背子＋抹胸”衣式自唐、五代及于北宋，又一直沿至南宋、金，在中原女服中久盛不衰。从这一点来说，倒是另一位清人姜壎所绘的一幅《李清照像》，在对服装样式的描绘上大致是正确的，虽然那画的趣味实在让人不敢恭维。

在此，不妨漫道一句，数年前，美国女歌星麦当娜曾身穿制成西式女胸罩式的上装登台演唱，当时轰动一时，效仿者群起。殊不知，将女内衣的形式移用为外穿上装，早在唐宋时代的中原地区即已出现，作为女服常装所必用的衣式，前后通行达数世纪之久。

在“背子＋抹胸”衣式盛行的时代，当炎炎暑夏之时，女性们还习惯于身着薄罗或薄纱的背子，任两肩、双臂隐现在轻浅的纱罗中。这一风尚也是由来已久,唐代诗人王建在所作《宫词》中描写宫人服饰时,即有"嫌罗不着爱轻容"之句。罗,本已是以轻薄取胜的织物,宫人们犹嫌其涩重,而喜穿"轻容"——据记载,"轻容"是"无花薄纱"、"纱之至轻者"(宋·周密《齐东野语》)。由于宫人普遍喜着薄衣,因此,西蜀花蕊夫人《宫词》中咏宫人夏日纳凉时的情形,便道是"薄罗衫子透肌肤"。陆游《南唐书》中更记载,南唐后主李煜的皇后——大周后,曾经"创为高髻、纤裳、首翘鬓朵之妆,人皆效之"。在传世绘画《簪花仕女图》中,晚唐、五代女性穿着这一"透肌肤"的"纤裳"时的动人风姿,被描摹得十分传神。宋代,女性依然沿袭着这一服饰习惯,李清照《点绛唇》一词中即有"薄汗轻衣透"之句,薄汗而竟能透衣,更可见出"轻衣"之至轻。在近年发现的福建南宋黄升墓中,出土了相当数目的南宋女服,其中实不乏纱罗"轻衣"。例如,其中有绉纱长背子一件,绉纱半长背子两件,此外,尚有由薄罗制成的各式衣裙,有一件牡丹花罗背心,重仅 16.7 克,非"纤裳"而何?现藏台北故宫博物院的传世宋人画作《花石仕女图》,真可视作对于黄升墓出土绉纱背子穿用方式的图像注解——画中一位戴高冠的仕女,正是身着一件薄纱罗的背子,肩、胸与双臂隐隐裸显在朦胧的纱罗中。这位仕女与女伴皆手执纨扇,可知时季正当暑夏。一首曾经被误归在李清照名下的佚名宋人词作

薄罗衫子透肌肤。(宋·佚名《花石仕女图》)

《丑奴儿》,则又如对于《花石仕女图》的解说词,传神道出了宋代女性在炎热夏日穿着“纤裳”的情景:

晚来一阵风兼雨,洗尽炎光。理罢笙簧,却对菱花淡淡妆。
绛绡缕薄冰肌莹,雪腻酥香。笑语檀郎,今夜纱橱枕簟凉。

福建黄升墓成圹的年代在淳祐三年,即公元1244年,已近南宋末叶(宋亡于公元1279年)。大量轻纱、薄罗衣裙由其墓中出土,正见出宋代女性喜穿“绛绡缕薄”之衣的风气一直在延续。至于这一风气究竟在何时彻底消失,尚是有待考查的未解之谜。不过,今日我们所清楚的一点事实是,明清女服中,不仅袒露肩臂乃不可想象之事,即使对于脖颈,也要发明了中式立领来将它围裹严密。明清人以自己的观念来重塑李清照的形象,其结果自然会与女词人本有的风貌相距极远。在文学史上,李清照在赵明诚亡故以后是否曾经改嫁一事,曾经成为一段不大不小的公案。直至十数年前,尚有学者著文慷慨陈辞,力辩“易安居士改嫁说”为别有用心的诬枉之辞,是存心给女词人抹黑。其实,在宋代,妇女改嫁被视为平常之事,少有人为之大惊小怪,正如当时妇女穿着袒露肩臂的服装,也未见有人大惊小怪一样。

闹蛾满城狂欢夜

《水浒传》第六十六回，时迁主动要求到了火烧翠云楼的任务，于是，在元宵节的那一个晚上，他“挟着一个篮儿，里面都是硫磺、焰硝，放火的药头，篮儿上插几朵闹蛾儿”，“只做卖闹蛾儿的”，就这样混进了翠云楼里，还在这个大酒楼里自在地四处转悠。

在宋代的元宵节，男女老少要在头上戴闹蛾，这是当时最重要的节俗之一。史浩《粉蝶儿·元宵》云：“闹蛾儿、满城都是。向深闺，争翦碎、吴绫蜀绮。点妆成，分明是、粉须香翅。”显然，闹蛾是用绫绮等织物剪成，往往由妇女动用剪刀功夫亲手制作。在剪好的蛾形上，还要用色彩画上须子、翅纹。与闹蛾相伴，女性们还要簪戴其他各种特定的节日头饰，其中最重要的一种，就是用捻金线制成的柳丝——雪柳。“蛾儿雪柳黄金缕，笑语盈盈暗香去”（《青玉案·元夕》），辛弃疾就曾经被一位这样盛

簇戴各色鲜花的宫女。(宋·佚名《宋仁宗皇后像》局部)

装打扮的陌生少女激起情感的涟漪。李清照回忆自己年轻时的元宵妆扮，也说是："铺翠冠儿，捻金雪柳，簇带争济楚。"这一句词，其实还透露了两条有趣的信息。一是，对女性来说，闹蛾、雪柳，固然可以直接簪戴在发髻上，但是，按照当时的习惯，这些饰物其实一般都是插在冠子上。

宋代妇女，特别是年轻妇女，只要稍有点地位、财力，在头上都要戴各式各样的冠子，把发髻罩扣在当中。所以像闹蛾、雪柳这类饰物，就只能插饰到冠子上，至于具体方式，是"闹蛾斜插"(杨无咎《人月圆》)，飞挑在半空，人一动，闹蛾等饰物也就会摇颤不止，那样子是很活泼的。有意思的是，宋代女性头上戴饰物以多为美，就是所谓"簇戴"，一簇簇、一堆堆地戴。如《武林旧事》中记载，初夏新开的茉莉花，"妇人簇戴，多至七插"——可以插七簇茉莉花在一头上。因此，一位赏灯女性的冠子周围，就会插有一簇簇的闹蛾，随着她的行动而晃颤翻飞，真像成群的飞蛾绕着灯球嬉闹一样，康与之《瑞鹤仙·上元应制》就把这一情况形容得生动："闹蛾儿满路，成团打块，簇著冠儿斗转。"满街出游的妇女，个个都是这样满头颤动的闹蛾，那场面是很壮观的："闹蛾儿转处，熙熙语笑，百万红妆女"(赵长卿《探春令·元夕》)。

词人在创作中总是提到闹蛾、雪柳，也许是因为这两样饰

宋·佚名《大傩图》

物最有特色、最具代表性,其实当时冠子上要"簇戴"的内容,远不止这两样。宋人笔记中多有谈及,如朱弁《曲洧旧闻·续骩骳说》中"元宵节"条所述:"又妇女首饰,至此一新,髻鬟参插,如蛾、蝉、蜂、蝶、雪柳、玉梅、灯球,袅袅满头,其名件甚多,不知起何时,而词客未有及之者。晏叔用《上林春慢》云:'……素蛾绕钗,轻蝉扑鬓,垂垂柳丝梅朵。……'"文中尚疏漏了当时也为女性必带的一种头饰——"菩提叶"(《武林旧事》"元夕"),所有这些精巧的小玩意儿要"参插"而"袅袅满头",就是所谓"簇带争济楚",该戴的节日饰物都要多多地戴整齐,一样不落,才算时髦。须知宋代冠子的样式千奇百变,造型往往极其夸张,比如有高二三尺的高冠,以至于戴冠人只有侧着头才能进得轿子。在这种种奇特冠子上,插满那许多随步颤摇的小饰物,宋代妇女头饰的放纵恣肆,显然构成了盛大狂欢夜中最靓丽的一道风景。

当然,有需求就有商机,在元宵节,叫卖闹蛾等饰物的小贩也满街都是(见《东京梦华录》"十六日"、《梦粱录》"夜市"),这就让梁山好汉时迁有了方法来伪装自己的秘密武器。元宵,是狂欢夜,是多情夜,却也是英雄奋起的壮丽之夜!

补言:此文发表后,承蒙扬之水特意教示,宋人绘画《大傩图》中，具体画有人们在头上簪戴“闹蛾”的情景。找来此画一看，果然其中表现有多种形式、规格、装饰方式的闹蛾。其中，画面下方最右一人，高帽旁斜伸出一只蝴蝶，凌空挑立着，其下同时簪有一簇花饰，这显然是“闹蛾斜插”，由此可以推想宋代女性冠旁彩蝶颤颤的光景。另外，画左一老人帽前插饰的一只闹蛾，不仅惟妙惟肖地传达出了飞蛾的形态(其他几处闹蛾的样式，与其说是飞蛾，不如说更像玲珑的蝴蝶)，而且，让人叫绝的是，这一闹蛾的一对触须，被夸张地用一对孔雀翎来代替，摇摇地伸在半空里。宋代闹蛾中的高档货有多么奢侈，女性“簇戴”的风光有多么热闹，当时元夜是何等的升平气象，由这个小小细节，让人产生无限遐想。还有三人帽旁簪着缀满梅花的梅枝，并有竹叶与梅枝相配，显然就是“玉梅”；一人帽前有一簇叶饰，当为“菩提叶”；又有两人帽旁伸出一簇翠色的小树枝，或许即为“雪柳”吧。

开合里的风光

大约十年以前，欧美时装设计师曾经设计出一种女装款式，是贴身穿一条短裤，再在短裤外穿一条长裙。去年，又有人推出穿一条短裙在内、外罩一条长裙的"新款"。这些款式有一个共同特点，罩穿在短裤或短裙外的长裙，不是筒式裙，而是片裙，向前或向一侧合围。女性在行动当中，长裙的裙片时开时合，藏在长裙内的短裤或短裙，以及女性的一双玉腿，便在裙片的开合中半露半掩，或隐或现。设计师说得很"玄"：这围在外面的长片裙就如舞台前的帷幕，时而拉开，时而闭合，开时风光旖旎，撩人心弦，闭时幕影沉沉，逗人遐思——据说是既满足了女性展示自身的欲望，又增进了女性的神秘感。

时装款式要年年变化，这是时装工业保持兴旺的需要。为此，设计师们便不得不绞尽脑汁，不断翻新花样，煞是辛苦。在已经将短裤与长裙、短裙与长裙结合在一起之后，当今的时尚天才们不知是否愿意向千余年前的宋代妇女取一回经——在两宋女装中，流行过一种将喇叭裤与长裙或短裙结合的"款式"，与当代大师的设计相比，只怕千余年前的这一种"时世装"倒更具有"奇装异服"的灵彩。

"瑟瑟罗裙金线缕，轻透鹅黄香画袴"，《花间集》中西蜀顾敻的一首《应天长》，将主要流行在两宋时代的这一种独特衣式

侧开衩喇叭裙裤外，围一条合欢式短笼裙；上衣则为抹胸与背子。河南偃师酒流沟宋墓画像砖，引自《中国古代服饰研究》。

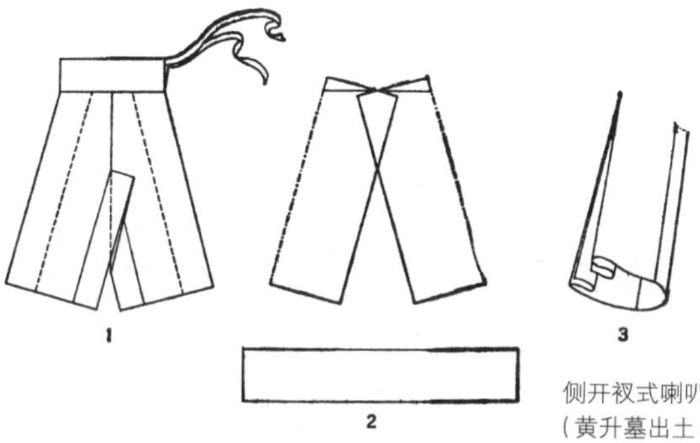

侧开衩式喇叭裙裤结构示意图。（黄升墓出土）

描绘得很是清楚，一条以金线作花绣的碧罗裙，罩穿在鹅黄色有纹彩的长裤外，因为罗裙很薄，鹅黄彩裤便从碧罗浅色中隐现出来。在两宋传世绘画、墓室壁画、画像砖、俑偶等各种形式的艺术中，处处可见穿着这一衣式的女性形象。例如北宋元符二年（1099年）的河南禹县白沙宋墓中的壁画上，只有上了年岁的主妇穿着细褶长裙。其余的女性，无论小姐、丫环还是仆妇，都是身着喇叭型长裙裤，裤管肥阔，裤脚长拖在地面。在裙裤外，自后向前围系一条长片裙，裙片的两襟交合在身前，穿裙人在走动、坐卧当中，交拢在身前的裙片忽开忽合，裙裤便在裙片的开合中半掩半映，或隐或现。不过，古人以为将裤裆暴露在外是极为猥亵、可羞之事。所以，宋代妇女在裙裤外、长片裙内再围一系短裙，将裙裤的裤裆部分遮掩起来。在宋代，人们将女性

上穿背子、下穿侧开衩式喇叭裙裤的宋代女性。(宋·佚名《仕女婴戏图》局部)

村妇的外裤开衩内用绳结做装饰。([传]宋·李嵩《货郎图》局部)

所穿的这种长裤称为“裆裤”；罩穿在外面的薄裙，习惯上称为“笼裙”。裆裤、笼裙，以及二者之间的短裙，便构成了这一衣式的基本形式。

两宋艺术中表现的笼裙，大多为布满细褶的百褶裙。至于被掩映在笼裙内的裆裤，是这一衣式中最重要的部分，因此，宋代女性对之很是重视，运用巧思，为裆裤设计了极其独特、奇巧的形式。黄升墓中出土的裆裤实物，是将裆部以上部分的裤料裁减去一角，裤裆及裆部以下的裤管则加缝一片裤料，这样自裆部至裤腰呈逐渐缩窄之势，裆部以下却趋于宽肥，形成上窄下阔的形制，无异于“喇叭裤”。而且，裤裆垂大、裤管肥阔，又正形同“裙裤”。两宋艺术中，女性在穿着这种裆裤时，那情形确是裤管肥阔垂荡、裤脚长拖在地面，看去很是洒脱。黄升墓出土的“喇叭裙裤”在形式上还有一个十分新颖之处：在朝向腿外侧的裤管中间，自裤脚至裤管中部上下，留有一道开衩，这道开衩不仅使裆裤更加呈现为上狭下广的喇叭型，而且，还使两只裤管在外侧各出现一个微微张敞的衩口。当然，在那一时代，女性不可能裸露双腿，因此，女性要在这一条“侧开衩”裤内至少再穿一条通常样式的长裤，如此，显露在“侧开衩”裤两侧时敞时合的衩口内的，不过是衬穿在内里的另一条裤的些许裤管而已。不过，这一设计显然令本已颇为繁复的衣式中又多了一层细节的、层次的变化。为了追求细节变化的丰富，黄升墓出土裆裤的开衩两边还各缝制有一重褶裥。似这等在裤侧作开衩，在开衩中作褶裥的长裤形式，怕是很少有的吧！从两宋艺术中可知，宋代女性无分贵贱，都颇为青睐这种两侧开衩的喇叭裙裤。传世宋人画作《花石仕女图》中，戴高冠仕女便穿着一条异常长大、两侧开衩的裙裤，裤侧的开衩中明显现出衬穿在内里的另一条长裤的部分裤脚。南宋画家李嵩《货郎图》、楼璹《耕织图》、佚名宋人画作《瑶台步月图》、《蕉阴击球图》，以及河南偃师酒流沟宋墓画像砖上，女性所穿裆裤则与黄升墓出土的实物一样，在裤管外侧的开衩中做有褶裥。其中，《货郎图》的画面右部有一位抱婴孩的村妇，她那做有褶裥的裆裤开衩两侧还缝缀有细带，在敞张的衩口间结成一个花结。可见，在当时女装中的喇叭裤在样式上、装饰细节上尚有许多巧妙的变化。

一条未开衩的长裤，外套一条两侧开衩的喇叭裙裤，其外再围一条短裙，短裙外复围系薄透的百褶笼裙，不但是层层叠叠，不胜繁复，而且处处是半开半掩，欲露还休。宋代女性的追求，大约与现代时装大师的想法不谋而合，是视衣裙如同帷幕，故意令其半开半闭，使人对帷幕内的风光欲窥之则不能，欲罢之则不甘。不过，当代时装设计师造出的款式中，仅仅凭一道长裙制造神秘效果，这就正如今日的舞台上要设置一道帷幕，帷幕开合之间,只让人看出其中其实并无秘密,不过是设计者们在故弄玄虚。宋代女性发明的款式,那真得说是罗幕重垂,“珠箔银屏迤逦开”了,繁复的服饰样式,完全抹去了女性身体的形象。女性是否因此而多添了几重神秘感呢?只有天晓得。不过,倘若哪一位模特身穿这样一套服饰,忽然款步出现在今日世界的一处T形台上,不知是否反而会显得颇为“新潮”呢?

南朝的裙裤

《世说新语》中记载，晋武帝司马炎临幸王济家，王济作风奢侈，家中“婢子百余人，皆绫罗绔䙓”。南朝梁刘孝标注云：“䙓，一作襬。”《南史·王裕之传》中则说，王裕之“左右尝使二老妇女，带五条辫，著青纹绔䙓，饰以朱粉。”《南史·褚彦回传》中也提到一种叫“黄罗䙓”的服饰，并且在文中解释说，“黄罗䙓，乳母服也”。从这些记载中可以推测出，东晋南朝时代下层妇女，如婢女、乳母等，经常穿着一种叫做“绔䙓”的服装。

那么什么是绔䙓呢？“绔”，是指穿在外面的套裤；“䙓”字不见于字书，据刘孝标注，“䙓”又写作“襬”，《方言》第四：“裙，陈魏之间谓之帔，自关而东或谓之襬。”这即是说，裙也被呼作襬，襬就是裙。如果绔䙓与绔襬互通，而襬字作“裙”解，那么，绔䙓，就是裤裙之意了。徐震堮先生在《世说新语校笺》中，已经明确指证出了这一点。

穿绔褶的南朝侍女。（江苏常州戚家村六朝墓出土）

穿绔褶的侍女。（江苏南京砂石山南朝墓出土陶俑）

在南北朝墓葬艺术中，画像砖上不乏表现婢女的形象，随葬偶中，婢女的角色更是不可或缺。这些出现在墓葬艺术中的婢女们的衣式，大致可分为两类，一类穿着长裙，另一类，恰恰是穿着肥大如裙的长裤。这种长裤惊人地松阔长大，两只裤管呈上窄下阔的喇叭形，裤角长长地拖落在地面，如果不仔细观察，会很容易将它看作是一条长裙。用今日的观点衡量，这种长裤实在是很典型的喇叭形裙裤。穿着这种裙裤的少女形象，往往是作为婢女的角色出现在南北朝墓葬艺术中，说明在东晋南朝时代的真实生活中，下层女性，包括贵族家的婢女，是以这一衣式作为常服的。结合文献中屡屡提及婢女服着“绔褶”，即裤裙，可以推测，墓葬艺术中婢女形象所穿的长大裙裤，就是文献中所说的绔褶。原来早在东晋南朝时就已经有了裙裤，而且在称呼上也与今日差不多——我们今人称为裙裤，而古人称为“裤裙”。在相传为阎立本作品的《历代帝王图》中，陈文帝身后的侍立宫女也穿着绔褶，可见，这一衣式在南朝时代十分普遍，甚至宫廷中也未能免俗。

应当指出的是，在此前的两汉三国西晋艺术中，并不见绔褶的踪迹，似乎，绔褶是在东晋南朝时代流行一时的“时世装”。南朝墓葬艺术表现的婢女形象，一般都是梳双丫髻或双环髻，上身穿一件交领、掩襟的松阔长衫，下穿一条拖地裙裤——绔褶。由于东晋南朝的贵族服饰崇尚长大之美，所以，这些贵族豪门的婢女们的衣着也都是松松飘飘，不求紧窄，尤其是一对喇叭形长袖，长得与上衣不成比例，袖头近乎垂地。足上穿着当时时兴的"高履"，一双履头也高大得比例失调，双双翘起在裙裤前。

这种宽松飘洒的衣式的出现，大约与江南气候湿热，人们喜着轻凉、透气的衣装有关，而在南北文化交流中，它作为"汉衣冠"，对北朝人也有着吸引力，被北朝人所借用，因而也出现在北朝艺术中。但是，在三国西晋与东晋南朝之间，也就是南渡前后，服装的样式发生过很大的变化，南朝服装，与西晋时代的服装有相当大的不同。因此，王济家婢是否真的穿过绔褶，是有些可疑的。也许，"世说"的作者刘义庆是按照他所熟悉的南朝婢女的着装习惯，想当然地作出了这一描写。毕竟，文字的重点并不在于女奴们穿的是什么样式的服装，而在于王家的辉煌场面——女奴一出场就是一百来人，个个的服装都是"绫罗"料子。绔褶在这里出现，仍然是作为"下层女性服装"的代名词而使用的。

在隋灭陈后，这一颇有奇趣的衣式几乎立即在艺术表现与文献记载中销声匿迹了。这是因为自晋朝南渡以来出现的南北两个文化中心、两种文化传统并存的形势，随着北方统一南方而消失，文化的中心重新归一于北方，关陇集团的趣味与好尚，成为了时尚的标准。南朝时世装的正统地位，也就被样式完全不同的北方服饰所取代了。

披风小识

《红楼梦》第六回写刘姥姥一入荣国府，在好费了一番周折之后，才终于见到了荣府当家二奶奶王熙凤，“那凤姐儿家常带着紫貂昭君套，围着那攒珠勒子，穿着桃红洒花袄，石青刻丝灰鼠披风，大红洋绉银鼠皮裙，粉光脂艳，端端正正坐在那里”。人民文学出版社一九六一年版、一九八二年版、二〇〇〇年版《红楼梦》中，均注释凤姐所穿“披风”曰：“即斗篷”（见一九六一年版页七十二、一九八二年版页一百零一、二〇〇〇年版页六十八）。

“披风”真的就是“斗篷”吗？其实，“斗篷”一物在《红楼梦》中多次出现，如第八回中，宝玉去探望宝钗，不久下雪了，宝玉便命人去取了斗笠、斗篷来；第四十九回也写道，大观园众姊妹在雪天里齐集稻香村，“都是一色大红猩猩与羽毛缎斗篷”。该书写及人们穿斗篷的时节，都是在雪寒天气，在人们下雪天出

清·改琦《红楼梦图咏·王熙凤》

外活动的时候。这其实正是清代人习惯的斗篷使用方式，清人平步青《霞外攟屑》就把这一风俗交代得很清楚："风帽斗袯，乃道途风雪所服，见客投谒，下舆骑，则当去之，冯敬通与郑禹笺所谓上堂则蓑不御也。"在"风帽斗袯"之后，有作者小字注云："俗作篷，非。"说得很清楚，斗篷本应写做"斗袯"，是在风雪天出行时才穿的一种服装，类似今天呢绒御寒大衣与雨衣的混合体。《红楼梦》第四十九回中，在雪天里，众人都穿着斗篷、鹤氅、大褂子，惟独"邢岫烟仍是家常旧衣，并没避雨之衣"，以至平儿事后特意找出一件"半旧大红羽缎的""雪褂子"送给她，也说明了斗篷是用于风寒雨雪天气的专门服装，这与平步青的说法是完全一致的。如果是去拜客，那么在进屋之前就得先把斗篷脱下来，否则就是不礼貌，因为斗篷与蓑衣同类，这类抵御风雪的外衣不算正式服装，故而不能登堂入室，这正像我们今天到人家做客，也不能不脱掉呢绒大衣或者雨衣就在人家客厅里落坐一样。

那么，凤姐见刘姥姥时，正端端正正坐在自己屋里的炕上，那一天也没有刮风下雪，她怎么会穿一件风雪天外出的衣服呢？荣府这等诗礼贵族之家，按说是家规礼节最为烦琐的，斗篷不能在室内穿着，这种规矩，凤姐竟会不知道？而且，书中写得明白，凤姐当时是穿着"家常"的"披风"，斗篷这种一年中穿不

宝琴立雪。(清·改琦《红楼梦图咏》)

了几次的有专门用途的服装，显然不能算“家常”，因此，“披风”和“斗篷”不是一回事，是明显的事实。《红楼梦》中最著名的两领斗篷，当然要算贾母赏给宝玉的雀金裘和赏给宝琴的凫靥裘了。宝琴穿着凫靥裘立在雪地里，身后一个丫头捧着梅花，这是书中最为醒目的场面之一，清末画家改琦《红楼梦图咏》中在描绘宝琴时，正是采用了这一情节。画面上，宝琴头戴观音兜，即风帽，身上则披了一条有领但是无袖的长外衣，把人的身形囫囵地笼罩在其中。在第四十九回里，明写了凫靥裘是“一领斗篷”，所以，画中所反映的，当然就应该是“斗篷”的具体形制。在同一“图咏”系列中，王熙凤的出场，恰恰是撷取了刘姥姥见到她的那一刻，画上凤姐的装束却与宝琴完全不同，她在立领对襟袄外，穿了一件直领、对襟、有宽大双袖的长外衣。其实，改琦此时表现的，才正是明清时代“披风”的形制。明人王圻《三才图会》云：“背子，即今之披风也。”换言之，明清时代的披风，就是宋时的背子。《三才图会》中带有“背子”的插图，展示了一种直领、对襟、两腋下开衩、有二长袖的一种长衫，其形式正与“图咏”中王熙凤身上的外衣一样，而与宝琴身上的凫靥裘截然不同。

可见，披风不但与斗篷完全是两回事，而且是一种形式极为特别的服饰。实际上，作为一种特定的服装样式，它自有其长

鹿裘带索的荣启期。(江苏西善桥东晋墓出土“竹林七贤与荣启期”砖画局部)

久的历史,并且是中原服饰史上一个极为活跃的角色。说它是一个角色,那并不是随便一说,因为,在各个不同的历史时期,这个样式确实是被赋予了不同的性格和身份,肩负着不同的任务,甚至有着不同的性别、种族和阶级背景。

我们目前所能看到的它的最早的身影,是在南朝墓中出土的模印砖画“竹林七贤与荣启期”上,在这一重要作品中,荣启期就穿着这种直领、对襟、带长袖、两襟仅以一对衣带加以系束的衣式。这里是在表现荣启期“鹿裘带索,鼓琴而歌”(《列子·天瑞》)的形象,由此可以推测,在南朝人的概念中,“裘”就是这样一种服装形式。另外，在敦煌以“维摩诘经变”为内容的唐代壁画上，各个维摩诘形象几乎无例外地都在身上斜披着这样形式的一件外衣。唐代维摩诘题材的作品，其图像程式是在东晋南朝时期形成的，由顾恺之等人创制确立，此后就基本固定下来，唐代画家在创作中始终严格遵循着前代所建立的样式，因此，维摩诘的衣着打扮，其实是反映了东晋南北朝士大夫的服装风格，把“维摩诘”与砖画“荣启期”的着装相对证，就可以知道，类似后世披风的这种长外衣，在南北朝时是士大夫们中流行的一种服装。敦煌的有些作品，如第156窟、第61窟（五代），维摩诘的这件外衣还被着意画上许多细毛，表示它是一件有毛的衣服，因此，这种服饰大概就是《世说新语》等史料中提到的“鹤氅裘”、“鹤氅”（《南齐书》“东昏侯记”），是东晋南朝的一种高档豪华休闲服。不要小看了这种裘衣，当时的士大夫穿它，是表示了一种精神姿态的。它和纶巾等衣饰一样，不在正式礼服之列，按道理，它只有在家中闲居时才能穿，在正式场合，是不能穿它的，但是，东晋南朝士大夫有时却故意在见客、社交时不穿正式礼服而穿鹤氅裘，用这个方式表达对礼教的轻视，表达自己的性格和境界。《世说新语》“企羡”中说：

……王恭乘高舆，被鹤氅裘，于时微雪，（孟）昶于篱间窥之，叹曰：此真神仙中人。

凡是看过《女史箴图》、司马金龙墓屏风漆画《列女图》的人，都能对什么是"高舆"有个大概的印象，也就可以想象"乘高舆，被鹤氅裘"是一种什么样的场景，可以推想两晋南北朝的大贵族出出入入时是多大的派头，难怪在当时人眼里是要羡慕死了。这样把奢华放纵和高傲出尘结合在一起，大概也只有魏晋风度才能做到。

再说壁画上的"维摩诘经变·问疾品"，我们应该很清楚地看出，这是在通过佛教题材再现魏晋清谈的场面，是东晋南北朝士大夫画家对自己生活的理想化写照。所以，这个题材一经顾恺之等人改造，文殊菩萨就披上了纶巾，而维摩诘则穿上了鹤氅裘。显然，清谈时有这样的风气，就是大家全都故意不穿礼制中规定的服装，而是穿上各种时髦的休闲服，比着看谁更潇洒，更不拘于礼教，甚至如壁画中的维摩诘那样，借口生病，索性斜披着衣服，半坐半卧，用一场妙曼如花的玄谈去征服客人。因此，在这个时代，这种直领、对襟的长外套，是被赋予了很鲜明的象征意义的，它和当时士大夫所追求的生活境界、精神境界联系在了一起，成了他们心灵状态的外化表征之一。

在这个时代的艺术品中，只看到男人穿这种"裘"，还没看

披鹤氅裘的维摩诘。（敦煌第156窟唐代壁画）

到有女人穿它，可以推测，这个时候，它是男服的一种，与女人没有什么关系。到了唐代，那是胡服的天下，在南朝时髦过的服式自然难以得志，就目前所知来看，在表现当代现实生活的唐代中前期艺术品中，还没有瞥见它的影子。然而，不知怎的，到了晚唐时代，这种服式忽然成了贵族妇女的新宠。我们再一次看到它，是在稀世珍品《簪花仕女图》里。在这卷画中，这一种衣饰摇身变成了半透明薄罗的质地，把女性的肌肤半掩半映，双袖敞大得近乎垂地，在形式上特别的恣肆、靡费，初次看到这幅画的人，大概没有不为画中服饰的暴露大胆以及夸张放肆感到惊异的，如果没有这幅画传世，我们大概绝不敢想象，古代中国的女人还有在穿戴上这样放纵的时刻。原本相传《簪花仕女图》是中唐画家周昉的作品，但是，近年经鉴定界利用出土资料反复探讨，有一派意见认为它产生于晚唐到五代时期。这样，它就变成了《花间集》的同时代者。实际上，画中所描绘的这种夸张服饰，在《花间集》中也确实出现了！

据唐刘存《续事始》："《实录》曰：披衫，盖从褕翟而来，但取其红紫一色，而无花彩，长与身齐，大袖，下其领，即暑月之服。"这不正与《簪花仕女图》中女性们所穿外衣的样式完全一致吗？她们所穿的外衣，正是没有织绣花纹的单色轻罗，衣长几乎垂至足部，袖子阔大，直领对襟，而且采用半透明的轻罗衣料，显然是夏季的避暑之服。(其中“下其领”一句,当是指这种服装的直领对襟形式,领口向下垂直延伸,变成两条直襟。)而和凝《天仙子》中恰恰咏道:

柳色披衫金缕凤,纤手轻拈红豆弄。翠蛾双敛正含情,桃花洞,瑶台梦。一片春愁谁与共。

正是描写了一位穿着“披衫”的女性,也就是穿着《簪花仕女图》中那种服饰的女性。实际上,这首词读来就像是为《簪花仕女图》中几位仕女所作的题画咏赞,不仅是服饰、动作,就是那种“有情无力泥人时”的情态,二者都是那么的相合相谐,只不过图中仕女手中把弄的不是红豆,而是蝴蝶、花朵、拂尘而已。至于和凝在另一首《临江仙》中咏道:“披袍窣地红宫锦,莺语时啭轻音。”推测起来,同样形式的衣服,还可以由锦一类更厚重的衣料制成,这时候就改叫“披袍”。和凝的这一首词,是极为艳情,极为性感的,有兴致的人不妨把《簪花仕女图》摊开在面前,然后体味这首词的内容,看一看它散发出的性感是多么诱惑,也体会一下垂地红锦的裸胸长袍,在创造“富艳”(《栩庄漫记》语)效果上的作用。

另外,陆游《南唐书》记载,李煜的皇后大周后曾经创造“高

穿透明轻罗披衫的晚唐贵妇。([传]唐·周昉《簪花侍女图》局部

髻、纤裳、首翘鬓朵之妆，人皆效之”，这里所说的这种“时世装”，也与《簪花仕女图》完全吻合。把上述这类史料记载，与《花间集》、花蕊夫人《宫词》，以及《簪花仕女图》，还有如五代王处直墓、冯晖墓等墓葬中出土的精彩艺术品结合在一起，我们已经可以充分地想象五代那些著名的宫廷，那种绮靡的、温柔的、华丽的、纤弱的、多情的、荒淫的宫廷生活。这也许就是做一个中国人的一大乐趣，他不仅有着长远美丽的过去，而且还拥有大量的资料遗存，帮助他尽情地想象这过去，并且，由于遗留资料的丰富，他的想象可以在无比雄伟、放肆的同时，还可能非常非常地接近真实。话说回到披衫，这种直领、对襟的长外衣，这一次是在五代的宫廷中，在中国历史上著名的“富贵梦里，温柔乡中”，以一种纤柔而华贵的姿影，再度成就了一场温柔绮梦。

从出土资料来看，在《花间集》的时代，披衫、披袍确乎非常流行，实际上已经成了女性日常服装的基本样式，比如后周冯晖墓出土的加彩砖雕上，女伎们个个穿着这种长外衣。入宋以后，则是无论男女，都以这种形式的服装为基本衣式，这时，它又被改名叫做“背子”、“褙子”。文献中提到“背子”之处极多，男人们如何穿背子，这里不去谈它。在今天所见的宋代艺术品中，女性们几乎唯一的上衣样式就是这种背子。这时代的女性之采用背子，不是没有原因的，而是自有其特殊的追求。原来那时的女性

宋代贵妇的正式礼服——大衣。(福建福州南宋黄升墓出土)

在背子内不穿其他袄衫形式的衣服,而只在腋下围裹上一到数层抹胸(或叫"裹肚"),把前胸后背裹绕起来。背子是对襟的,而且长长的两襟上,只在腹前用一对衣带系束一下,这样,背子的两襟就形成了一道狭长的"V"形领口,女性的脖颈、部分前胸和裹肚,就会从这道"V"形领口中显露出来。要按今天的标准,这种穿着也是够暴露,够大胆的,可是在宋代,从宫廷到乡村,从皇太后到村妇,个个都是这副打扮,好像司马光、朱熹、程颐他们也都没对这件事发过什么话。相反,朱熹在淳熙年间受命制定祭祀、冠婚服制的时候,规定妇人的"盛服",即在重要场合穿的礼服，是假髻、大衣（与背子形式相同，只是两袖特别宽大，所以名为“大衣”）、长裙，没有出嫁的女子则是冠子、背子，而众妾则为假紒（髻）、背子（见《宋史·舆服志》）。可见当时的人对这种着装方式司空见惯，不但觉不出有什么不正常，反而试图把它纳入礼制的规范之中，使它制度化，而最令我们意外的是，在这件事上卖了力气的竟是朱熹。

背子加裹肚，袒露部分前胸的衣式，在南方至少沿袭到南宋末年。从辽代和金代的墓室壁画中，也可以看到穿这种衣式的汉族妇女形象，可见，这一种着装方式在北方也延续到了辽金时期。不过，正是在辽代，女性服饰的样式又发生了一次比较大的变化，就是已经被中原女性冷落了几个世纪的掩襟衣式出现了大的回潮。由于南北朝时代出现了女性露胸的风气，到了隋末，掩襟衣式就基本被中原女性抛弃了，此后的几个世纪，女性用各式各样的套头衫、对襟襦衫来作为上衣，目的无非是一个——微露酥胸。但是，契丹族的女袍是采用掩襟衣式的（也许是学自中原地区），于是，在辽占据北方之后，一种新的汉族妇女衣式出现了，这就是上穿短掩襟袄，下穿长裙。中原女服转了一大圈，又回到了最古老的样式上，因为这种相对于宋代女服来说是“新”的样式，在大的形式上其实与东汉和南朝女服相同。由于外族的入侵，倒造成了中原女服无意中的一次“复古”，

上袄下裙、外罩披袄的明代妇女。（引自《徽州容像艺术》）

这倒也是一个很有意思的现象。

从墓室壁画上看，掩襟上衣，背子加裹肚，这两种衣式在辽金同时存在，并行了一段时期，但是，入元之后，背子加裹肚的穿衣方式还是终于彻底消失了。女性们重新穿上了斜襟的袄衫，裸胸的风气当然也就从此不见了踪影。在这种情况下，背子原初意在微露粉胸的用途已经不存在了，它变成了一种纯粹用于御寒的罩衣，也就是我们今天所说的外套，在女性感到有必要加一件衣服的时候，就把它穿在掩襟袄外。

把背子作为一种外衣穿的习惯，一直沿袭到了明清，据《明史·舆服志》记载，在明初，就曾经规定皇室贵妇以褙子为常服，品级较低的命妇则以褙子为正式礼服的一部分。在明代前中期，女服完全承袭了元代汉族女服的形式，大概是中国女服史上服装形式最拘谨无趣的一个时期。与此相应，背子也发生了萎缩，变成了一种普通长度的短袖衣。从辽、元墓室壁画中可以清楚看出背子先是缩短到普通上衣长度，然后其袖子的形式又变成半长短袖的过程。在明代，它又有了个新称呼，叫“披袄”（见顾炎武《日知录》“对襟衣”条引赵宧光语）。《金瓶梅》里就提到了“披袄子”（四十六回）、“披袄儿”（七十八回），如七十八回写奶妈如意得到西门庆的宠爱之后，在过节时的打扮，是“蓝绸子袄儿，玉色云段披袄儿，黄绵绸裙子”。最近我恰好到手了一

穿披风的清初贵妇。(清·杨晋《豪家逸乐图卷》局部)

穿毛皮披风的清代贵妇。(清·陈枚《月曼清游册》之二)

本《徽州容像艺术》，其中收有穿披袄的明代妇女画像，看一看那画像，就可以知道如意媳妇的大致形象。

大约就在《金瓶梅》产生的年代，女子服饰又发生了一次革命——纽扣的普遍运用，造成了立领的出现。在明代中期以前，中原服饰的领子样式基本上只有一种，就是直领，其形象就如日本和服的领式；到了明代中后期，立领被发明出来，女服的领子式样，才变成如今日旗袍上的样子。于是，在明代中期以后，一种中国服装史以前从没有过的崭新服装式样出现了——这就是装有立领，领口缝有纽扣，使一对领尖扣合的上衣式样。一说到传统民族服饰，无论是旗袍，中式对襟褂子，还是新近兴起的所谓“唐装”，我们脑海中最鲜明的形象大概就是那包裹脖颈的立领，而这一形式，其实是在明代中期以后才诞生的。而且，在诞生之初，它是女服专用的形式，在图像资料中，还没见过哪个明代男人穿装有这种领子的衣服。

也是在万历前后，明代女服终于突破了前中期的拘谨风格，向长宽阔大方面发展，其结果是上衣越来越长，以至于长度远过于膝下，下面“仅露裙二三寸”（《云间据目钞》）；双袖越来越大，到了崇祯年间，袖广达三尺。随着整体女服风格的转变，披衫——背子的旧日面目得到了恢复，它的双袖重新变成了宽大的长袖，衣长也延伸到了膝部上下，约略恢复了当年它在鹤氅和披衫时代的气象。有意思的是，纽扣的普遍使用，立领的出现，对于由背子传下来的直领、对襟的这一古老服装样式，却没有产生大的影响，比如被装上立领之类的遭遇，它倒是没有碰到。女性们流行的是，把这种直领外套穿在立领对襟袄外，这样，从外套的“V”形领口中，内穿袄的立领，以及袄的对襟，都很清楚地显露出来，无论从衣式变化，还是从衣服色彩的丰富来说，都多了一个层次，可以突破当时女服在形式上的单调。大约也就是在这个时期，“披风”一词流行了起来，用来称呼这种长大宽松、样式独特的外套。穿披风在明末的富家女性中是很平常的风气，就比如《儒林外史》中马二先生游西湖的时候，虽然是“女人也不看他，他也不看女人”，可还是免不了看见几位女客在柳荫下的船上换衣服，其中“一个脱去元色外套，换了一件水田披风”。

入清以后，根据“男降女不降”的通例，汉族女性的服装并没有多少变化，完全沿袭着明代女服的样式，这一情况，一直持续到乾隆年间。也因此才有了曹雪芹笔下的王熙凤形象。我们在这里之所以不厌其烦地描述服饰细节，是因为只有这样，才能搞明白刘姥姥眼中的王熙凤究竟是什么样，也才能明白，曹雪芹此时为什么要这样写。正如前面所说，披风只在胸前或腹前用一对缝在两襟上的衣带或纽扣系束一下，这样，披风就形

图中的贵妇身穿毛皮披风，身旁设有螺钿漆茶盘、霁蓝瓷茶盅。（清·佚名《雍正妃行乐图》之一）

这件乾隆时代的皇帝礼服采用了石青色，凤姐的披风乃是如此的颜色。（故宫博物院藏）

成了一个长长的“V”形领口，而从领口里露出穿在里面的袄衫来。只有清楚了这一点，才能明白王熙凤此时的形象——从石青色披风的“V”型领口，露出内穿立领袄的桃红色，包括清楚的立领的形象，而在披风下，则是裙子的大红色。明清时代所染出的桃红色是多么纯净、温暖、明艳，那非得亲眼看到才能知道，根本不是我们这些只看过化学染色的人所能想象的，大红色的纯正也是如此。曹雪芹让王熙凤同时穿上这两种红艳温暖的色彩，不能不说大胆。有些读者或许会觉得，一个人同时上穿桃红下穿大红会显得很“怯”，但是，须知披风的石青是一种微微泛红色的黑色，在王熙凤身上，我们和刘姥姥能够看到的唯一完整的衣服形象，就是这件黑色、对襟的长外衣，而袄和裙都只露出很有限的一部分。如前面所说，在明末到清中期，女子上衣以长为美，披风很长，所以裙子的红色不会露出很多，而露在披风领口中的桃红色自然也只是有限的一抹。所以，曹雪芹在这里是用大片的、整体的黑色“压”住了上面的桃红和下面的大红，也可以认为，这里主要的色调是黑色，而映以桃红和大红，这在色彩学上是多么精彩的搭配！黑色既使两种不同的红色变得更强烈和鲜艳，也使二者趋于协调和统一。此时的王熙凤，大概惟有用“暖艳”二字来形容，要知道凤姐平日是“粉面含春威不露”的，她的狠毒，她的冷酷，都是深藏在表面的亲切、热情之下。可以想象，曹雪芹此时设计的这一套衣装，在展示了一种沉着的富贵气象之外，也在外人如刘姥姥眼里，制造了王熙凤温暖亲切的一种假象。不管怎么说，经这一笔，王熙凤已足以成为文学史上最鲜明、明艳、动人的形象之一。

然而事情还不止如此。这件披风是“刻丝”的，这一工艺的特色就决定了它所织出的衣料一定不会是单色，而是会有五彩花纹，甚至按当时常见的情形那样，织有金银线。因此，这一片黑色绝不会发“死”、板滞，而是有金银五彩的花纹做调剂。另外，那件桃红袄是“洒花”的，就是说桃红底上布满了小朵折枝花之类的彩色碎花，因此，在整体的明艳、大气中，又透着活泼、精致。王熙凤的披风和大红裙是衬有毛皮的，当时的皮衣都讲究出锋，即在衣服边缘露出一道毛皮边来。因此，在石青披风和大红裙的边缘，各有一道茸茸的毛皮边，这在改琦的“图咏”上表现得很清楚。所以，毛皮在这里也起了色彩上的调和与变化的作用。

说到毛皮，我们就不能不说一说王熙凤身上的打扮在质地上的美感。按照当时的穿衣习惯，可以推测，桃红洒花袄多半是缎的，缎是一种闪光、光滑的织物；刻丝是平纹织物，质感类似于锦，不闪光，但显得更厚重些；红裙的洋绉则是用特别的工艺织出独特花纹效果的一种缎。另外，不要忘了王熙凤头上带着紫貂昭君套，围着攒珠勒子。昭君套类似于没有帽顶、头顶处中空的皮帽子，是明清贵妇冬日家居时戴在头上御寒的一种头饰，而勒子是那时代女性额头上的一种装饰，是一条窄带横勒在额前，这里写明是“攒珠”的，即是用珍珠串出花纹做成的。珍珠，缎，洋绉，效果似锦的刻丝，以及紫貂、秋鼠、银鼠三种不同色彩、手感的高档毛皮，在这里形成了质感上的互映成趣。写到了这里，曹公又让王熙凤“手内拿着小铜火箸儿拨手炉内的灰”，还让平儿捧着填漆茶盘，盘内是茶杯——一个小盖钟儿，于是金属、漆器、瓷器也以各自不同的色泽和质地加入了这一场质感的小合唱。这种对物品的材质之美的敏感，大概是我们这些生活在粗糙、俗气的物质环境中的人所难以理解的。

这样一种富贵的气氛，再配上凤姐慢慢给手炉拨灰的安适神态，展示了一副温暖、闲适的冬闺的画面，在构图上，还有平儿这个丫鬟立在一旁捧着茶杯，这不是一幅典型的仕女图吗？也只有像曹雪芹这种真正经过大富贵的人，才能写出这样传神的贵妇形象吧。这里只是简单地写了一位少妇坐在她自家的炕上，可那富贵的气势，却是逼面而来。“白玉为床金作马”，实在只是穷人对于富贵生活的想象。在这个画面上，曹雪芹细致到了把茶盘描写成“填漆”的，填漆的茶盘必然是有精致的五彩花纹的，于是，我们看到这幅画面上处处是这种细密、繁复、雅致的花纹，连同背景的大红洒花软帘，大红条毡，锁子锦的靠背和引枕，金线闪的大坐褥，银唾盒，这种种不同色彩、光泽、质地的物品，一起衬托着穿着桃红、石青、大红的王熙凤，犹如一幅敷粉描金的工笔仕女图。

曹雪芹在这里所勾画的画面，正如同清代，特别是清代盛期的工艺美术所给人的整体印象——极度的豪奢，讲究，富丽，繁琐，可是在那繁琐和豪奢中却沁透着一股极度的雅致，而笼罩在富丽和雅致之上的，还有一股大气沉着，一种帝国气象。说起来有意思，如果单论工艺品的风格，就我个人的印象来说，与清相比，明代的作品似乎更加明快，粗放，活泼，而在满族人建立的清朝，工艺品，特别是宫廷美术，反而是在一种暴发式的豪奢华丽里别有一种极端的雅致韵味。就以色彩来说也是如此，明人更喜欢纯色，喜欢大红大绿大蓝，男人的官服好穿大红色，而且在女服的色彩搭配上，竟有大红娇绿、大红翠蓝这种强烈对比的穿衣方法。到了清代，织物上反而更多用微妙的调和色，人们在穿衣上也喜欢用石青、青等颜色来对红、绿等颜色进行调剂。王熙凤在这里的衣服用色，就是一个典型的例子。

应该说，曹雪芹在这里也像在书中其他地方一样，把江南文化与侯门气象结合在了一起，因此达到一种特殊的效果。《红楼梦》中什么地方是实写，什么地方是虚写，一直是令人着迷的问题，就是在服饰的描写上也是如此，比如说，专家早就指出，像北静王、贾宝玉的服饰，其实完全是按戏曲舞台上娃娃生的装扮安排的。但是，像对王熙凤每一处服饰的描写，却都是写实的，是严格采纳了当时江南地区流行的贵妇时装样式，当然，又在一定程度上结合了大贵族的豪奢以及北地的特色——比如王熙凤一身上下的高档皮货，就只能是北方的特点。有意思的是，在当时的清代宫廷中，同样汹涌着这样一种对江南文化的倾慕之情，关于这方面的例子和故事实在太多了，这里无庸赘述。也许，正是清代的皇室和贵族阶层对江南文化的这种偏爱和追求，特别是这种追求与北方宫廷贵族文化的融汇，才造成了清代前中期宫廷美术的灿烂，造成了它既奢豪又雅致的特色。

也就是在当时的这样一种审美潮流中，宫廷绘画中产生了一批精工绘制的工笔仕女图，其主题大都是理想化的江南仕女生活。典型的有《燕寝怡情图》册、杨晋《山水人物图卷》等，而其中最有意思的是《雍正十二妃图》。在这一组作品中，女性都被描绘成一副汉装打扮的模样，而无论其服装，还是周围的室内环境，都与《红楼梦》中的描写惊人地相近似。沈从文先生早就指出："这十二个图像还可作《红楼梦》一书金陵十二钗中角色衣着看待，远比后来费小楼、改琦、王小梅等画的形象更接近真实。而一切动用器物背景也符合当时情形"(《中国古代服饰研究》，页五一六)。这一批仕女画一向不被重视，显然是出于今人的种种偏见——对清代的偏见，对清代宫廷美术的偏见，以及对清代工笔人物画的偏见。其实，即使如沈先生指出的，就是仅从更好地理解《红楼梦》的角度，仅从了解那个时代的生活和审美趣味的角度来说，这些作品也有很重要的价值。比如《雍正十二妃图》中，有一幅表现一位女性持镜自照，画中人不仅身穿披风，而且在披风内穿了一件杏红立领袄，披风则是毛皮的，露着出锋的毛茸，虽然那披风是我们今人所不大喜欢的蓝色——另外，在她身边，放着一只螺钿漆盘，盘上是一只霁蓝瓷茶盅！这一画面，与刘姥姥初见王熙凤时的场景，竟然有这样多细节上的巧合,这实在令人啧舌。看来,我们只要对清人留下的种种图像稍加留意,弄清楚王熙凤是什么样子,原本不是什么困难的事。

实际上,在明末及有清一代的仕女画中,披风作为女性服饰中的经典样式,始终是一个很活跃的角色,可以说是处处留影。我们因此不能不惊叹披风所代表的那一古老衣式的异常顽强,它曾经被潇洒地斜披在维摩诘的身上,曾经掩映着五代仕女的圆润肌肤,曾经衬托出两宋女性的纤秀身影,想不到,它还能在明清之际卷土重来,在版画和仕女画中扮演重要角色,并且借着《红楼梦》之势,在王熙凤身上演出它最终谢幕前的一曲精彩绝唱。

一种优美的服装形式一旦被创造出来,是不会被轻易遗忘的。在清代中期以后,随着女服时尚的变化,披风终于退出了日常服饰的舞台,但是,它却作为女子礼服的一部分而保留下来。据包天笑《衣食住行的百年变迁》讲述清代妇女礼服的情形:"……于是太太们也有官服,披风红裙(未嫁者不能穿披风),朝珠补服。""红裙是大礼服,上身如果穿了披风,下身必系上红裙。"披风的这一礼服身份一直持续到了清末。

实际上,就是在今天,披风也没有在我们的生活中完全绝迹,因为明清妇女穿披风的情形,在京剧舞台上还被鲜明地保留着。在京剧服装中，披风被称为“帔”，有兴趣的人可以发现，京剧人物穿“帔”的场合、身份，与以上叙述的明清礼制都是基本符合的，比如官宦富绅乃至皇室的女性在家居场合，往往穿“帔”，遇到喜庆节日，则穿红帔、紫帔、蓝帔，这时，“帔”又成了常礼服。记得在粉碎“四人帮”以后，有一次，母亲和外祖母带着我和姐姐去看京剧片《杨门女将》，从来没有看过传统京剧的我，完全被片中服饰道具的绚烂、表演的优美、剧情的悲壮而震撼了。至今，我还清楚地记得一开场的情景，柴郡主穿着蓝缎帔，穆桂英穿着红缎帔，在挂着大寿字的堂前，欢欢喜喜地准备为自己的儿子、丈夫庆祝生日，然而噩耗传来，那庆贺的对象，这一家人最后的希望，已然战死在边关的荒山中，从此杨家是寡妇满门。于是，这苦命的婆婆和儿媳，在肝肠欲断之际，还要假作欢颜，以欺瞒百岁的太婆婆。两个女性的悲痛形象，连同她们身上喜庆的华丽服饰，从此深印在我的脑海里，至今还随时能跃现到眼前，虽然那时我并不知道这一种服饰叫做“帔”，也还无从看到《簪花仕女图》和南朝墓室壁画。

民国的女袄

在明清时代，女服上衣一直是崇尚宽大。女性穿着没有腰身、长近膝部的长袄、大褂，人体的微妙曲线变化完全被袄褂的简洁外形抹煞掉了。至清代末年，西方以表现人体为美的服饰观念渐渐影响了国人，中国服饰史上最激荡的一场革命开始萌动了。女性的长袄一变而为紧窄裹体，紧紧围匝在身上，袖管也窄窄地贴裹住手臂。清代中期以后，女服上曾经流行饰满令人目眩的层层花边，这一风气至此时也消失了，袄上的纹饰趋于素雅，服装开始为表现人体的形象服务。不过，由于当时的女性都是从小束胸，一般胸部扁平，穿着瘦长、裹身的长袄，总给人一种瘦弱、纤细的感觉。衣上大镶大滚的花边虽然消失了，但是出现了缀在襟边、下摆边缘的短短排穗，或是一排由珠子、亮片串成的坠饰。这些穗子、珠串随着女性的行动颤动摇摆，愈加增强了女性所予人的文弱、纤秀印象。

圆下摆、带坠穗的民国女袄

清末的女袄虽然腰身变窄，长度却没有变化，袄长仍然保持在近于膝部。民国以后，女服进一步向表现女性人体美的方向发展，流行了四五百年的长袄终于被果断地抛弃了，代之以短袄。女袄一旦变短，又趋向了与长袄相反的极端——短小的下摆仅至腹部。不仅如此，短袄的下摆还被裁制成圆弧形，其边缘从身体的正中向两侧呈弧形上升，到了身体两侧，衣下摆已经短得仅仅及腰部。这种形式令上袄显得更加短小，相应地，配穿在下的钟形长裙也就显得更加修长，增强了人体上短下长的美感。另外，由于长袄下摆在身体两侧短得出奇，穿在内里的衬衫便会在这两处部位露出一角，颇具撩拨的诱惑力。短袄的双袖是阔大的“喇叭袖”，但是短仅及肘，女性的玉臂皓腕，都呈现了出来。民国时代女短袄的出现，终于将女性从已经延续了几百年的长袄大褂中解放了出来。

女短袄的圆下摆所呈现的视觉美感，激发了人们的想象力和创造热情，根据它的基本形式，出现了种种变体。在襟边、袖口、下摆上缀饰排穗、珠坠，固然是最流行的装饰手法，另外，有人将襟边、袖口边、下摆边裁成一个个半圆花瓣相连续的形式，看去有如孔雀开屏；或者将袖口、下摆都制成由细褶相叠形成的、喇叭形的荷叶边。这样华丽又雅致的女服一经出现，便很快在社会上流行开来，甚至在舞台艺术中也得到了反映。在当时的京剧舞台上，青衣、老旦虽然固守着明、清女服的样式，一些花旦角色却在保留清代风格头饰的同时，大胆采用了民国新出现的女服。如荀慧生在《元宵谜》、《埋香幻》中均是饰演古代女性，却在前剧中穿了“孔雀屏”式的短袄，在后剧中穿了下摆、袖口制成百褶荷叶边的短袄。短小而华丽的新式女袄，显然更能突出花旦角色的俏丽聪慧与活泼。民国新式女服的冲击力，由此可见一斑。

这一乾隆时代的蟒袍不仅用孔雀羽线绣成碧绿的底色，而且还用小珍珠、珊瑚珠钉绣出花纹。（故宫博物院藏）

黄金与翠羽的华服

中国古代的能工巧匠所创造的各种精湛工艺，臻于神奇入化的境界。人类用以纺织的原料，原本不外乎兽毛、植物纤维及蚕丝，似乎只有在神话传说中，才存在以黄金与珍禽羽毛织制珍贵锦缎的故事。然而，实际上，在中国古代丝织史上，以黄金制成片金线、捻金线，以孔雀、雉、翠鸟等珍禽的羽毛捻线，经常与各色彩丝同时使用，织出灿若云霞的锦缎罗纱。这种工艺源远流长，是足以代表中国古代纺织业辉煌成就的一种高等工艺。

关于中原地区纺织金锦的明确记载，最早见于隋唐史。据《隋书》记载，隋初波斯国曾献金线锦袍，而巧匠何稠仿织了一件，其华丽更过于波斯所献原物。在唐代，织金技术得以进一步发展，唐玄宗曾得臣下所献两件金鸟锦袍，他与杨贵妃在华清池温泉浴罢，则各着其一。至唐文宗时，民间一般富人也往往穿

清初遍地金缂丝灯笼仕女纹袍料。（北京艺术博物馆藏）

用这种金鸟锦袍,可见织金技术在唐代的发达。论及元代加金丝织实物,故宫博物院所藏一件红地龟背团龙凤纹纳石失佛衣披肩堪为代表。这件披肩由织金灵鹫纹锦、织金团花龙凤龟子纹锦及织金缠枝宝相花锦三种不同的织金锦拼缝而成,反映出元代织金锦的发达。披肩上的织金花纹金线粗,花纹覆盖面积大,红、绿、蓝等丝线底显露较少,显得金光闪闪,华贵雍容。

在元明清三代,以金线织入各色华丽织物形成的织金锦、纱、缎、妆花、缂丝等,成为皇室、贵族及富人们高级服装的主要衣料。

所谓织金技术,是指以金线作纬丝织花,使织物呈献黄金光泽的技术。作织金织物的第一步,首先要制作匀细的金线,这是一项十分复杂的工艺。捻制金线,首先需将金子捶打成金箔。明宋应星《天工开物》、清迮朗《绘事琐言》等文献中,都对古代打制金箔技术有比较详细的记载。而在《中国美术全集·织绣卷》中,则介绍了南京、苏州等地民间艺人制作金线的传统方法,仅捶制金箔一项,即需经过多道工序:

首先要将金块熔化,凝成片形。然后将片形金锭切成一至二两重的金块,算作一“作”;用锤砧打成金叶,锤打后金子变硬,退火再打,最后打至 0.1 毫米厚,分割为一百二十八片;然后,将前述分割后的金片每片再分成十六片,分层夹入乌金纸

清康熙蓝地缂丝加孔雀羽云蟒纹吉服料织成。(北京艺术博物馆藏)

中，再放在平砧上锤打四至四个半小时；将打过的金箔用竹挑棒逐张移入大乌金纸中，将大乌金纸和金箔用双层牛皮纸裹妥粘牢，放在石礅角上由二人捶打；最后，将打好的金箔置于绷紧的猫皮板上，用竹刀切割成规定尺寸。在操作时不能呼吸过重，因为这时的金箔极易被喘气吹飞。以上工艺完成之后，就是用羽毛刀将金箔移入竹纸内成包。

有了金箔，便可以制作片金线和捻金线了。片金线的制法为：(一)褙金：准备好经水湿后的竹制纸(明代以前不用纸而用羊皮)，刷上鱼胶，裱成双层，然后粘贴上金箔。(二)砑光：在野梨木板上用玛瑙石对纸金箔砑光。(三)切箔：根据织物不同粗细的要求，将砑光后的金箔切成0.2至0.5毫米宽的片金线。捻金线的制作，是用本色或红、黄色蚕丝作芯线，在其上涂粘合料，将片金线旋绕于芯线的外表即成。

在纺织时，将片金线或捻金线缠于织梭上，作为纬线的一种，织入织物，形成金华灿烂的花纹，便成为贵重的织金锦缎罗纱。在明清时代，更产生一种织用“遍地金”锦缎的风气，纬底以金线织满，在金光闪闪的金线底上，以各色丝线织显五彩花纹。这种织物又称“金包地”、“金宝底”，以“金宝底”织物制成的衣饰，通件金光闪闪，是名符其实的“金衣”。

在织金技术不断进步的同时，中国古代纺织技术还发展了

清乾隆缂丝加毛富贵白头图

另一种特殊工艺——以鸟羽，特别是孔雀尾羽捻成线，织入织物，显现花纹。据《南史》记，早在公元5世纪末的南齐时代，文惠太子便曾令工匠用孔雀毛织成一件翠毛裘，金翠炫丽，十分珍奇。在初唐时代，安乐公主曾令尚方监“合百鸟毛”织成裙两件，这两件百鸟羽毛裙“正看为一色，旁看为一色，日中为一色，影中为一色”，而“百鸟之状皆见”。百鸟羽毛裙大约是利用了雉鸡等禽类羽毛能够在不同的光线下变幻不同色彩的原理，因此，会呈现正、旁、日、影之下色彩不同的效果。8世纪的唐代大诗人王维曾经在一首名诗中描写当时天子接受外国使臣朝拜的情景：

绛帻鸡人报晓筹，尚衣方进翠云裘。
九天阊阖开宫殿，万国衣冠拜冕旒。

诗中写道，清晨来临，负责掌管皇帝服饰的宫中女官“尚衣”向唐天子献上新制的孔雀羽、翠鸟羽织制的“翠云裘”。随着皇宫的一道道宫门依次打开，身着翠裘、头戴冕旒的天子出现在外国使臣齐集的盛大朝仪上。

自唐以来，以孔雀羽线、鸟羽线织成花纹的豪华服饰在中国一直盛行不衰，20世纪50年代，从明代万历皇帝（公元

1573—1620年）的定陵中出土了大量帝后服饰，其中有一件万历皇帝织金孔雀羽团龙妆花纱织成袍料，长达1630厘米，幅宽66厘米，出土于定陵万历皇帝棺内。它采用复杂的“过管”、“挖花”的妆花技术织制，在纱地上织有团龙纹，龙纹分为升龙、降龙两种，龙的鳞、爪及头部均用孔雀羽线织成，至今色彩鲜艳。团龙纹中的龙、云、火珠等则用金线织出轮廓，极富有立体感，并且形成金翠交辉的效果。定陵出土的另一件万历皇帝杏黄地云龙折枝花孔雀羽妆花缎织成袍料，则用片金线和朱红、水粉、宝蓝、浅蓝、月白、明黄、墨绿、果绿、中绿、蓝绿、浅绛、白等十二种彩绒纬丝与孔雀线合织而成。此外，从定陵还出土了一批织孔雀羽线的缂丝织物残片。至清代，织孔雀羽服饰在宫廷、贵族中更加流行，在故宫博物院、北京艺术博物馆等处至今均保藏着清代生产的织有孔雀羽线的帝王服饰及衣料。

孔雀羽线或鸟羽线的制法，是将孔雀羽屏或鸟羽上的羽绒旋绕于细蚕丝上，再用绿色丝线分节捆扎。由于羽绒短而硬，羽线在织入织物以后，不断岔出绒毛，在织物表面产生微凸的效果。孔雀羽线会隐隐闪动莹光，其碧丽辉煌的效果远非丝线所能比拟。在明清时代，织金线与织孔雀羽线经常结合并用，有时以金线为底，织作“遍地金”，同时以孔雀羽线、鸟羽线与各色彩线织显花纹。在金光浮动的底子上，孔雀羽线织成的深翠花纹莹莹烁碧，其视觉效果华丽异常。

在孔雀羽线之外，雉（野鸭）、翠鸟的羽绒也常被用以捻线织制彩锦。据南宋文献记载，当时邕州右江地区产有一种翡翠鸟，其背毛悉为翠茸，追求奢华的人使用这种翠茸捻线织成贵重织物。在清代，人们还以“缂丝”工艺、利用富有绒质感的鸟羽线织制出花卉鸟兽题材的绘画式的屏风面，镶嵌在屏风框内，陈设在居室中。

织金、织鸟羽等豪华服饰的流行，在明清文学中也得到了反映。明代小说《金瓶梅》中即多次描写到当时豪富人家所穿用的各色织金妆花衣服，包括大量的遍地金袍、袄及比甲（坎肩）。清代小说《红楼梦》中，则描写贾母赏给宝琴一领“凫靥裘”斗篷，乃是用“野鸭子头上的毛作的”。不久，贾宝玉复从贾母那里得到一件“雀金裘”斗篷，是“拿孔雀毛拈了线织的”。书中这些描写，正反映了当时贵族服饰的真实风尚与面貌。有趣之处在于，作者曹雪芹为强调“雀金裘”的珍稀，有意将之描写为“哦啰斯”的产品，是舶来货。这种描写，虽然突出了贾府“白玉为堂金作马”的奢豪气势，却不符合历史事实。以金线、鸟羽线入织物这种特殊工艺，正是在千年丝国——中国取得了最高的成就。曹雪芹形容雀金裘“金翠辉煌，碧彩闪烁”，极恰当地反映了中国古代织金、织孔雀羽等珍贵织物罕见的富丽效果。

再版寄语

《潘金莲的发型》是我的第一本随笔集，出版后受到了朋友们的喜爱，对我是很大的鼓励。

当初也没有考虑太多，就是把已经写出的、自己比较满意的文章都编在一起。但是，最近，一直在和朋友们讨论一个问题，那就是读物应该适应当今的生活方式。书小一点，薄一点，可以很方便地塞在公文包内、手袋内而不显累赘，并且能够在比较短的一段时期内读完，这样的形式或许更适合生活节奏快、工作压力大的今日读者。背包里揣了一本颇厚重的书，因为只能利用工作与生活琐事之间的闲隙来阅读，于是很长时间内也只读了一小半，最后似乎成了鸡肋，这种烦恼的经历我们每一个人都有过。

因此，这次准备重版《潘金莲的发型》时，我们想做一个尝试，把这本随笔集一拆为三，涉及服饰的部分、涉及饮食与起居的部分、涉及文学作品欣赏的部分各自独立成书，分别名为《潘金莲的发型》、《花露天香》和《想念梦幻的桂旗》。这样，初版的内容就化成了三本小书，让读者可以选择自己更感兴趣的部分，也更方便随身携带和存放。另外，我尤其希望读者获得这样的快感：一本小书畅快读完，合上最后一页，呼一口气，书内的信息依然印象清晰，可以从容地咂摸回味。

朋友们也许会注意到，我在《花露天香》一文中关于花露在明清时代的状况的说法，与后来所写的《花露的中国情缘》并不一致。

写《花露天香》的时候，我根据有限的资料线索，误以为花露在清代没有实现商业化。但是，中国传统文献让我渐渐认识到这一误会是多么的可笑。不过，想到这篇文章是我很认真写作的结果，也希望保留自己认识改变的过程的痕迹，我没有再对此文进行修正。对于这一点，希望读者朋友予以理解和谅解。

说来真是感慨，我们对于中国自己的历史，对于世界，有那么多想当然的误会，与真相如此隔阂。

不过乐趣也就在追寻真相的努力中吧。不管最终成果如何，过程当中的每一点发现都足以惊喜，足以开心。

希望这三本小书能够像初版一样，继续给朋友们提供乐趣，继续受到大家的喜爱。

二〇一四年六月十七日

图书在版编目(CIP)数据

潘金莲的发型/孟晖著. —南京:南京大学出版社,2014.10(2018.6重印)

ISBN 978-7-305-13288-9

Ⅰ.①潘… Ⅱ.①孟… Ⅲ.①随笔-作品集-中国-当代 Ⅳ.①I267.1

中国版本图书馆CIP数据核字(2014)第110996号

出 版 者 南京大学出版社
社　　址 南京市汉口路22号 邮 编 210093

出 版 人 金鑫荣

书　　名 潘金莲的发型
著　　者 孟 晖
责任编辑 沈卫娟

照　　排 南京紫藤制版印务中心
印　　刷 南京凯德印刷有限公司
开　　本 787×1092 1/32 印张5.25 字数85千
版　　次 2014年10月第1版 2018年6月第2次印刷
ISBN 978-7-305-13288-9
定　　价 26.00元

网址:http://www.njupco.com
官方微博:http://e.weibo.com/njuyzxz
官方微信号:njupress
销售咨询热线:(025)83594756
